Bianca

W9-BBZ-796

CUMBRES DE DESEO

MAYA BLAKE

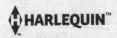
HARLEQUIN™

Editado por Harlequin Ibérica.
Una división de HarperCollins Ibérica, S.A.
Núñez de Balboa, 56
28001 Madrid

I.S.B.N.: 978-84-687-8445-8
Depósito legal: M-17039-2016
Impresión en CPI (Barcelona)
Fecha impresion para Argentina: 20.2.17
Distribuidor exclusivo para España: LOGISTA
Distribuidores para México: CODIPLYRSA y Despacho Flores
Distribuidores para Argentina: Interior, DGP, S.A. Alvarado 2118.
Cap. Fed./Buenos Aires y Gran Buenos Aires, VACCARO HNOS.

Capítulo 1

ARABELLA «Rebel» Daniels se colocó al fondo de uno de los numerosos ascensores del enorme edificio de cristal y acero conocido como Edificio Angel y esperó a que subiese el grupo de cuatro personas. Tragó saliva, todavía pudo saborear el café doble que se había tomado aquella mañana, y respiró hondo para tranquilizarse. Aunque al levantarse había necesitado aquel estímulo, el efecto que la cafeína había tenido en sus nervios había hecho que se arrepintiese después.

La cafeína y el pánico no eran buenos compañeros y, después de dos largas semanas conviviendo con ellos, estaba deseando dejarlos atrás.

Tenía el corazón acelerado, pero, por suerte, no oía los latidos por encima de la fuerte música que estaba escuchando.

La idea de bregar con lo que la esperaba cuando el ascensor llegase a su destino ya era agotadora, aunque también tenía que lidiar con la pesada carga de haber perdido a su principal patrocinador y con el posterior frenesí mediático. Aunque los medios de comunicación se habrían quedado muy decepcionados si hubiesen descubierto que la sustancia que estaba utilizando para pasar aquel mal trago no era ni alcohol ni drogas, sino solo café.

Clavó la mirada perdida al frente y recordó las palabras de la carta que, desde hacía dos semanas, pesaba en su bolso.

Arabella,
Lo primero, feliz veinticinco cumpleaños el miércoles. Que no te sorprenda que te escriba de repente. Sigues siendo mi hija y tengo el deber de cuidar de ti. No te juzgo por el modo en que has decidido vivir tu vida. Ni he puesto condiciones a los fondos adjuntos. Los necesitas, así que deja a un lado tu orgullo y utilízalos. Es lo que tu madre habría querido.
Tu padre.

Intentó no pensar en lo mucho que le habían dolido aquellas duras palabras, sino en el recibo que había acompañado a la carta.

Las quinientas mil libras que habían depositado en su cuenta bancaria eran poco menos de lo que sus patrocinadores le habrían donado si hubiese seguido respaldándola, pero suficiente para participar en los campeonatos de esquí alpino de Verbier.

En esa ocasión no pudo evitar sentirse culpable y un poco avergonzada.

Tenía que haberse esforzado más en intentar devolver el dinero.

Su padre y ella se habían dicho demasiadas cosas y, a pesar del paso de los años, el dolor y la culpa seguían ahí. Y, a juzgar por la carta de su padre, este seguía pensando lo mismo que la última vez que se habían visto.

Todavía la responsabilizaba de la muerte de su esposa y madre de Rebel.

Intentó contener el dolor e ignorar las miradas perspicaces del resto de ocupantes del ascensor. En cualquier otro momento habría bajado el volumen de la música, pero aquel día era diferente. Aquel día iba a volver a ver a su padre después de cinco años y necesitaba ir protegida para ello con una armadura, pero lo único que tenía era la música.

Otro hombre de negocios trajeado la miró mal. Rebel sonrió y él abrió los ojos, primero con sorpresa y después con algo más.

Rebel apartó la vista de él, la clavó en los botones del ascensor y respiró aliviada al llegar al piso cuarenta. Al parecer su padre era el Director Financiero de Angel International Group. Este no le había dado más información a pesar de que ella se la había pedido y tampoco le había permitido que le devolviese el dinero que le había dado.

Rebel tenía que haberse dejado llevar por el profundo dolor que le causaba saber que su padre solo hacía aquello por la esposa a la que había amado y a la que había perdido de manera tan trágica, y no por la insistencia de su gestora de que aquel dinero era la respuesta a todas sus plegarias.

Pero había sido la insistencia de su padre de que el dinero era suyo a pesar de todo lo que la había llevado a confesarle su existencia a Contessa Stanley. Esta no había tenido ningún recelo a la hora de utilizarlo. Sobre todo porque Rebel había perdido recientemente a otro importante patrocinador por culpa del efecto dominó creado por los artículos sensacionalistas de la prensa. Incluso su retirada de la vida pública se había visto de manera negativa y se había especulado con la posibilidad de que estuviese por fin rehabilitándose o de que le hubiesen roto el corazón.

Teniendo en cuenta que cada vez existían menos posibilidades de encontrar a un nuevo patrocinador y que se acercaban los campeonatos, Rebel había terminado por ceder a los argumentos de Contessa.

Y en esos momentos se sentía confundida, no solo porque su padre la estaba evitando después de haber sido él quién le había escrito una carta, sino también porque no le gustaba utilizar un dinero que, desde el principio, no había querido tocar.

—¿Disculpe?

Rebel se sobresaltó cuando el hombre que tenía más cerca le tocó el brazo. Se quitó un auricular y arqueó una ceja.

—¿Sí?

—¿No venía a esta planta? —le preguntó él, mirándola con interés mientras sujetaba la puerta y la recorría de arriba abajo con la mirada.

Ella gimió en silencio y se dijo que tenía que haber pasado por casa después de la sesión de yoga de aquella mañana para cambiarse y quitarse la ajustada ropa de deporte. Le dio las gracias en voz baja y salió.

Sujetando la esterilla y la bolsa del gimnasio con firmeza, bajó el volumen de la música y se fijó en la moqueta gris y afelpada, las enormes puertas de cristal, las paredes también grises y los enormes arreglos florales que eran la única fuente de color. De las paredes del ancho pasillo colgaban imágenes de alta definición de los mejores atletas del mundo, reproducidas en pantallas empotradas.

Rebel frunció el ceño y se preguntó si se habría equivocado de lugar.

Que ella supiese, su padre había trabajado como contable en una empresa de material de oficina, y no en un lugar elegante cuyos empleados vestían trajes caros y llevaban auriculares de aspecto futurista. Incapaz de aceptar que su padre, que siempre había expresado su odio por la carrera deportiva que ella había escogido, tuviese nada que ver con un lugar así, Rebel se dirigió hacia las puertas de cristal y las empujó.

Pero no ocurrió nada. Empujó con más fuerza y resopló al comprobar que la puerta no se abría.

–Esto... necesita una de estas para entrar –le dijo una voz a sus espaldas–. O un pase de visita y alguien de abajo que te acompañe.

Rebel se giró y vio al hombre del ascensor. Este sonrió más mientras le enseñaba una tarjeta de color negro mate. Ella sonrió también, cuanto más breve fuese el encuentro con su padre, mejor.

–Supongo que estaba demasiado impaciente por llegar aquí. He venido a ver a Nathan Daniels. ¿No podrías ayudarme a entrar? Soy Rebel, su hija. Hemos quedado y llego tarde...

Dejó de balbucir y apretó los dientes mientras él volvía a recorrerla con la mirada. Rebel jugó con los puños del jersey que llevaba atado a la cintura y esperó a que la mirada del hombre volviese a la altura de la suya.

–Por supuesto. Haría cualquier cosa por la hija de Nate. Por cierto, que tienes un nombre estupendo.

Ella siguió sonriendo y esperó a que el hombre pasase la tarjeta por el lector.

–Gracias –murmuró mientras se abría la puerta.

–Es un placer. Soy Stan. Ven, te acompañaré al despacho de Nate. No lo he visto hoy... –comentó, frunciendo el ceño–. De hecho, no lo he visto en toda la semana, ahora que lo pienso, pero estoy seguro de que estará por aquí.

Las palabras de Stan la hundieron todavía más. Ya estaba allí, pero se dio cuenta de que había dado por hecho que encontraría a su padre en el trabajo. Siguió a Stan por varios pasillos hasta llegar a la primera de dos puertas de metal de un pasillo largo y más silencioso que el resto.

–Aquí es.

Stan llamó a la puerta y entró. Las dos oficinas estaban vacías.

Stan se giró hacia Rebel con el ceño fruncido.

–No está, ni su secretaria tampoco...

–No me importa esperar –se apresuró a responder ella–. Seguro que no tardará. Y, si no vuelve pronto, lo llamaré por teléfono.

Stan se quedó dubitativo unos segundos y después asintió.

–Me gustaría invitarte a tomar una copa algún día, Rebel –le dijo.

Esta tuvo que hacer un esfuerzo para no hacer una mueca.

–Gracias, pero no puedo. Tengo la agenda llena de aquí a un futuro próximo.

No tenía intención de salir con nadie. En esos momentos, estaba demasiado ocupada lidiando con la angustiosa sensación de culpa y dolor.

A la prensa le gustaba especular con su vida y ella siempre había hecho por mantener la fachada de niña rebelde. No quería que investigasen y averiguasen lo ocurrido en Chamonix ocho años antes. Además de querer proteger la memoria de su querida madre, la culpa con la que tenía que vivir ya era demasiado grande como para exponerla a las miradas curiosas.

Ya había pasado su cumpleaños, fecha que tanto temía, y en esos momentos estaba centrada en los próximos campeonatos.

Sonrió para quitarle importancia a la negativa y suspiró aliviada al ver que Stan se limitaba a encogerse de hombros y se marchaba.

Rebel se dio la vuelta lentamente y miró a su alrededor para estudiar el despacho con paredes de cristal. Analizó el caro sillón de piel y el escritorio de caoba, sobre el cual todo estaba ordenado con la meticulosidad que caracterizaba a su padre. Temblando por dentro, se acercó al escritorio y clavó la vista en el único objeto personal que había encima de él, al lado derecho.

La fotografía, que estaba en un marco infantil, de color rosa y verde, era tal y como la recordaba. Se la había regalado a su padre por su cumpleaños doce años antes. Rebel tenía trece años en ella y reía mientras montaba en un tándem con su madre. Por aquel entonces, no había sospechado que su familia se rompería pocos años después. Ni que sería por su culpa.

Le dolió el corazón al pasar la mano por la fotografía. Su padre nunca había entendido que necesitase perseguir su sueño. Había sido tan duro y crítico con ella que no habían podido continuar viviendo bajo el mismo techo, pero Rebel jamás había imaginado que marcharse significaría perder a su padre. Nunca había pensado que este no la perdonaría.

Dejó caer la mano. Estaba allí. E iba a asumir el reto más importante de su carrera, pero antes de que eso ocurriera necesitaba saber si había algún modo de reconciliarse con su padre.

El ordenador estaba apagado y el calendario de sobremesa marcaba una fecha dos semanas antes. Intentó no dar vueltas a las palabras de Stan y fue hasta el otro lado del despacho. Dejó la esterilla y la bolsa de deporte en el suelo. Pasó otra media hora yendo y viniendo por la habitación y no pudo evitar pensar que allí ocurría algo. Dejó otro mensaje en el contestador de voz de su padre, diciéndole que no iba a marcharse hasta que no le devolviese la llamada, y dejó el teléfono encima de la mesita de café, junto al jersey y la esterilla.

La carta de su padre había abierto una herida todavía sin curar y la angustia que sentía le impedía concentrarse, algo que no podía permitirse. Greg, su entrenador, se lo había dicho esa mañana, y por eso habían añadido el yoga a su régimen de ejercicio físico.

Rebel había conseguido un puesto en el equipo del campeonato, así que no podía permitirse distraerse en esos momentos, por muchos problemas que tuviese con su padre.

Se dejó caer sobre la esterilla, se volvió a poner los auriculares, se estiró y cerró los ojos. Con las piernas cruzadas delante, respiró profundamente varias veces y empezó a hacer posiciones.

Sintió un cosquilleo, que atribuyó a que su cuerpo estaba empezando a relajarse, cosa de la que se alegraba después del estrés de las últimas semanas, pero al ver que persistía, que aumentaba cada vez que tomaba aire, hizo girar los hombros, molesta y nerviosa, sabiendo que no se relajaría hasta que no pudiese hablar con su padre.

Entonces llegó a su nariz un olor oscuro, hipnótico, con un toque a cítricos, salvaje. Al principio pensó que se lo estaba imaginando, pero el olor la fue invadiendo y le hizo sentirse como si tuviese un torbellino dentro.

Se tumbó lentamente boca abajo, dobló la pierna derecha y estiró la izquierda con la esperanza de que el dolor de sus músculos disipase la extraña sensación que había invadido su cuerpo. Repitió el ejercicio con la pierna derecha.

Pero la distracción no fue suficiente. Notó que se desconcentraba.

Apretó los dientes, se sentó y abrió las piernas en perpendicular a su cuerpo. Inclinó el cuerpo sobre una de ellas, luego sobre la otra, y más tarde hacia delante. Apoyó los codos en el suelo y levantó lentamente la pelvis.

Y entonces oyó jurar por encima de la música.

Abrió los ojos. Sintió que le faltaba el aire en los

pulmones y dio un grito ahogado al ver al hombre que había allí sentado, con una pierna doblada sobre la otra y los brazos cruzados.

Sus ojos grises la miraban tan fijamente que Rebel no pudo moverse. El hombre más impresionante que había visto nunca se puso en pie. Llevaba un elegante traje de tres piezas color azul marino y tenía los hombros anchos, la cintura estrecha y los muslos fuertes.

Rebel se puso tensa y el hombre avanzó, llevando con él el olor que había roto su concentración. Tenía algo que le resultaba familiar, era como si fuese un extraño al que había visto mucho tiempo atrás, pero la sensación se disipó cuando se acercó más.

Lo vio agacharse delante de ella para quitarle los auriculares de las orejas. Los tiró al suelo y se acercó a ella todavía más, hasta que ocupó toda su visión.

–Tiene exactamente tres segundos para decirme quién es y darme una razón por la que no debo llamar a seguridad y que la lleven a la cárcel por conducta lasciva y violación de la propiedad.

Capítulo 2

DRACO Angelis no era un hombre dado a la emoción ni a los impulsos. No obstante, al mirar a la mujer que tenía delante sintió ganas de volver a jurar. De hecho, hacía mucho tiempo que no deseaba hablar tan mal.

Se dijo a sí mismo que era porque el espectáculo que aquella mujer había estado dando a sus empleados en los últimos quince minutos le había hecho perder dinero. Además, realizando semejante exhibición en el despacho de Nathan Daniels aquella mujer estaba llamando la atención sobre un hecho que prefería mantener oculto. Draco siempre había mantenido a Angel International alejado de los escándalos y había conseguido ser profesional y reservado. Ninguno de sus clientes tenía derecho a hacer públicos los detalles de sus acuerdos.

Y el criterio era el mismo para su vida privada.

Pero la repentina desaparición de Nathan Daniels y el supuesto motivo de la misma hacían sospechar a Draco que pronto empezarían las especulaciones.

Y lo último que necesitaba era a aquella... sirena moviéndose de manera sinuosa en el despacho de su Director Financiero.

Con respecto a lo que su cuerpo había sentido al verla, en especial en la zona de la bragueta... Bueno, no pasaba nada por recordar de vez en cuando que era un hombre con sangre en las venas.

–¿Conducta lasciva?

Una sensual carcajada interrumpió los pensamientos de Draco y lo devolvió al presente.

–¿No le parece un poco exagerado?

Una gota de sudor corría por el lóbulo de la oreja de la mujer. Draco la siguió con la mirada, incapaz de apartarla, mientras seguía corriendo por su piel y se perdía en el valle de sus pechos. ¿Le parece que realizar semejantes movimientos delante de una ventana, a la vista de todos mis empleados, es exagerar?

–No sabía que lo que estaba haciendo pudiese distraer a nadie. ¿Le importa retroceder?

–¿Qué ha dicho?

–Ya casi he terminado. Si paro ahora, tendré que empezar desde el principio. Lo siento, pero necesito espacio para las dos últimas posiciones, así que, si no le importa...

Draco se dijo que había sido la sorpresa lo que lo había empujado a incorporarse y no el deseo de ver cómo terminaba sus ejercicios. En cualquier caso, retrocedió con la mandíbula todavía más apretada, se cruzó de brazos y miró hacia abajo mientras el flexible cuerpo de la mujer se estiraba ante él.

Esta guardó el equilibrio sobre los codos, con el torso recto. Sus ágiles piernas dejaron el suelo y mantuvo la posición perpendicular varios segundos. Draco vio cómo le vibraban los músculos del vientre mientras estaba boca abajo, recorrió con la vista su piel brillante de sudor, la musculosa perfección de su cuerpo. Y se odió por ello.

Fuese quien fuese aquella mujer, no tenía ningún derecho a estar allí.

Dio un paso al frente justo en el momento en el que ella bajaba la otra pierna y se incorporaba.

No era muy alta, solo le llegaba al pecho, pero sus

ojos azules brillaban con una fuerza que hacía que pareciese mucho más alta. Tenía la barbilla decidida y su boca, que seguía sonriendo aunque con cierta cautela, le hizo pensar en cosas que no tenían lugar allí.

—¿Por dónde íbamos? —le preguntó ella con voz sensual.

—Estábamos hablando de su presencia en mi edificio.

—Ah, sí, quería saber quién soy.

—Veo que intenta obviar el tema de la violación de la propiedad.

—Porque no he cometido ese delito. Tengo derecho a estar aquí.

—Lo dudo mucho. No suelo autorizar la presencia de mujeres desnudas para que realicen ejercicios acrobáticos ante mis empleados.

Ella miró a sus espaldas y vio a un grupo de hombres que miraban con avidez varios despachos más allá. Sonrió y saludó con la mano.

Una fría mirada de Draco hizo que sus empleados se dispersasen aunque Stan Macallister, que era un tipo valiente, se atrevió a devolver el saludo.

Draco decidió que había llegado el momento de poner fin a aquella farsa, se acercó al escritorio de su Director Financiero y tomó el teléfono.

—Soy el señor Angelis. Quiero que Seguridad suba al despacho de Daniels. Hay una visita indeseada a la que hay que acompañar a la calle. Y dígale a mi jefe de seguridad que antes de que termine el día quiero un informe en mi escritorio acerca de cómo ha conseguido llegar aquí.

Colgó el teléfono con más fuerza de la necesaria.

—Vaya, ¿de verdad piensa que era necesario?

Él se giró y se la encontró delante de la ventana, con una mano en la cadera y la cabeza inclinada hacia un lado. El pelo moreno y sedoso le caía hacia un lado y lo estaba mirando con una ceja arqueada.

–Tengo una reunión con un cliente dentro de menos de media hora. La echaría de aquí personalmente, pero después no tendría tiempo de darme una ducha.

Ella cambió de expresión al oír aquello y Draco sintió una infantil satisfacción al darse cuenta de que por fin le había dicho algo que la había desequilibrado.

–Todo esto me parece ridículo. Me llamo Rebel Daniels y soy la hija de Nathan Daniels. He venido a comer con mi padre y se me ha olvidado firmar abajo, así que Stan me ha dejado entrar. Mi padre no estaba aquí cuando he llegado. He dado por hecho que estaría reunido o algo así y he decidido esperar. Solo he utilizado el yoga para intentar aliviar el estrés.

Draco se hizo varias preguntas. ¿Cómo era posible que aquella mujer hubiese conseguido subir sin firmar abajo? ¿De verdad era la hija de Daniels? ¿Por qué estaba estresada?

–¿Sus padres le pusieron *Rebel*? –preguntó desconcertado, sin pensarlo.

–No, aunque mi madre se preguntó cómo no se le había ocurrido a ella cuando empecé a utilizar ese nombre con quince años.

–Entonces, ¿su nombre real es...?

–Pensé que no le interesaba –respondió, dándose la vuelta e inclinándose a recoger la esterilla.

Él se obligó a apartar la mirada de su trasero y la posó en los pies desnudos, y después, la apartó completamente de ella al darse cuenta de que sus uñas de los pies, pintadas de color melocotón, lo fascinaban.

–Solo me interesa si eso me ayuda a encontrar a su padre.

Rebel levantó la cabeza y lo miró con el ceño fruncido.

–¿Qué quiere decir? ¿Mi padre no está aquí?

Draco vio a dos hombres fornidos acercándose al despacho. Su jefe de seguridad parecía muy nervioso. Y tenía motivos. Él levantó la mano cuando llegaron a la puerta.

—¿Cuándo ha hablado con su padre por última vez?

Rebel miró a los dos hombres y después a él, había nerviosismo en su mirada.

—¿Qué importa eso?

—Importa porque a mí también me gustaría hablar con él.

Ella abrió más los ojos.

—Entonces, ¿no está aquí? —insistió.

—Pensaba que eso ya había quedado claro, señorita Daniels. Ahora, ¿va a responderme o la dejo con ellos? —le preguntó, inclinando la cabeza hacia los dos hombres de seguridad.

Rebel frunció el ceño.

—¿Qué está pasando aquí? Si mi padre no está en su despacho y usted quiere que me marche, me marcharé. No tiene que ponerse así. Y no hace falta que nadie me acompañe a la puerta.

—Pero ha pasado aquí sola más de quince minutos. Quién sabe qué información ha podido obtener.

—¿Me está acusando de haber robado algo?

—¿Lo ha hecho?

—¡Por supuesto que no!

—Dejaré que sean ellos quienes juzguen eso. Estoy seguro de que la dejarán marcharse en un par de horas, en cuanto hayan tomado sus huellas, le hayan revisado la bolsa y hayan confirmado su supuesta inocencia.

Su jefe de seguridad entró, seguido de su asistente.

—Llévese la bolsa de la señorita Daniels...

—¡No puede estar hablando en serio!

—Y la esterilla de yoga. Y asegúrese que no está en posesión de nada que no le pertenezca.

–De acuerdo, está bien. Contestaré a sus malditas preguntas.

Los hombres se detuvieron.

Draco sacudió la cabeza.

–Llévense eso. Dejen los zapatos. Los avisaré cuando haya terminado con ella.

Rebel lo miró con odio.

–¿Podemos terminar cuanto antes con este ridículo interrogatorio?

Él se puso recto.

–Venga conmigo.

–¿Adónde? –replicó ella inmediatamente.

–A mi despacho.

–Esto... ¿señor? –intervino el jefe de seguridad–. Necesitamos el nombre completo de la señora para poder meterla en el sistema.

Draco la miró con una ceja arqueada.

–Me llamo Arabella Daniels –murmuró ella a regañadientes.

Y Draco tardó menos de un segundo en darse cuenta de quién era. Arabella había sido una prometedora esquiadora de fondo, hasta que había cambiado al salto. Tenía veinticinco años y, si bien llevaba los últimos años entre las diez mejores, nunca había conseguido ir más allá de la quinta posición. Probablemente debido a sus travesuras fuera de la pista.

La sorpresa inicial se convirtió en desprecio, pero Draco mantuvo la expresión neutral mientras se despedía de sus hombres de seguridad e iba hacia su despacho.

–Siéntese –le pidió una vez allí.

–No, gracias. Tengo entendido que tiene una reunión importante, ¿o era una excusa para deshacerse de mí?

–Es cierto, pero la otra parte lo entenderá. Suelo rodearme de personas razonables y sensatas.

Ella dejó de moverse y frunció el ceño.

—¿Es eso una indirecta?

—Sé quién es, señorita Daniels.

—Es lo normal, dado que le he dicho mi nombre. Teniendo en cuenta que es el jefe de esta casa de muñecas de cristal, lo normal sería que no sea tonto.

—Así que los rumores son ciertos.

—¿Qué rumores? —preguntó ella con cautela.

—Los que dicen que le gusta comportarse de manera ofensiva y rebelde.

—Y a usted parece que no le gusta que le digan las cosas tal y como son. De hecho, se comporta de manera bastante melodramática. ¿Por qué lo hace? ¿Pretende compensar alguna otra carencia? —lo dijo en tono de broma, pero cuando bajó la mirada a su cintura se ruborizó y tuvo que apartarla.

Entonces, Draco esbozó una sonrisa tensa.

—Nunca he tenido que compensar ninguna carencia en toda mi vida, señorita Daniels. Si tuviese tiempo y ganas, se lo demostraría.

—Da por hecho que yo sí que tengo tiempo para estar escuchando sus tonterías. Ahórrese las amenazas veladas, pregúnteme lo que quiera saber y permita que ambos continuemos con nuestras vidas.

—La veo un poco desequilibrada. ¿Es porque no se siente cómoda en este entorno?

Ella se quitó la goma que le sujetaba el pelo y una cascada de ondas negras le cayó sobre la espalda.

—¿Por qué iba a sentirme así? Solo porque sea usted un tipo tan poco razonable...

—¿O es porque no le parezco tan ingenuo como los hombres con los que suele relacionarse?

—No sé qué es lo que piensa saber de mí, pero si me ha traído aquí para hacerme esas preguntas tan absurdas...

–Le gusta dominar a los hombres, ¿verdad?

–Solo cuando me suplican que lo haga. ¿Quiere que lo domine? No me he traído ninguna fusta, pero seguro que podría hacer algo con los cordones de las botas.

Él bajó la vista a sus pies.

–Seguro que sí, en las circunstancias adecuadas, pero paso.

Ella arrugó la nariz y a Draco le subió todavía más la temperatura, y el enfado.

–¿Siempre espera a que las circunstancias sean las adecuadas? Qué aburrido. Si se dejase llevar por los impulsos, se sorprendería.

Draco le enseñó los dientes en una sonrisa que los medios de comunicación llamaban la sonrisa del dragón.

–Pienso que las personas como usted confunden con demasiada facilidad la precipitación con la impulsividad. Personalmente, pienso que la espera aumenta las expectativas.

Rebel lo miró a los ojos unos segundos y después apartó la vista. El color de las mejillas la delataba y era evidente que tenía el pulso acelerado, lo mismo que él.

–Todo esto es muy interesante, pero estoy completamente segura de que en realidad sabe muy poco de mí. O me hace esas preguntas tan importantes que me iba a hacer, o le pide a sus guardias de seguridad que me devuelvan mis cosas.

–Pretende competir en los campeonatos de esquí de Verbier este año. ¿No debería estar entrenándose, en vez de estar haciendo exhibiciones y saliendo a comer?

Ella respiró hondo y se giró hacia él. Su expresión ya no era de aburrimiento.

–¿Sabe quién soy?

–Mi trabajo consiste en conocer a personas como usted.

—¿Qué quiere decir con eso?

—A atletas irresponsables que intentan comprar su lugar en los primeros puestos.

Rebel se acercó hacia él, furiosa.

—¿Cómo se atreve? Es una acusación ridícula y totalmente infundada.

—Sé lo suficiente, y no voy a molestarme en averiguar más. Las personas como usted manchan la reputación de atletas con talento y dedicación. Le quedan tres patrocinadores, que deben de pensar que su fama los va a ayudar a vender sus productos. Tal vez los avise de que no será así.

El enfado de Rebel se tornó en sorpresa. Miró a su alrededor y vio que el despacho estaba decorado con trofeos y fotografías, y entonces sintió un verdadero interés por él.

—Es Draco, el súper agente.

—Soy Draco Angelis, sí.

Ella tragó saliva.

—Representa a Rex Glow.

—¿El que fue su patrocinador? Sí.

Rebel respiró hondo, pero su siguiente pregunta no fue la que él había esperado.

—¿Y mi padre trabaja para usted?

—¿Le sorprende?

Ella frunció el ceño.

—Lo cierto es que sí.

—¿Por qué? —le preguntó él, volviendo a pensar en que tenía que encontrar el motivo de la desaparición de Nathan Daniels.

—Porque... —Rebel dudó—. Digamos que nunca le gustaron los deportes de competición.

—Pues ha sido mi director financiero hasta hace dos semanas, cuando, al parecer, desapareció de la faz de la tierra —admitió él, cruzándose de brazos.

–¿Y lo está buscando porque...?

–Ha desaparecido medio millón de libras de mis cuentas. Y me gustaría hablar con él del tema –le respondió Draco con la vista clavada en la expresión de Rebel, que era de culpa y nerviosismo.

Capítulo 3

REBEL supo que se había delatado en cuanto lo vio incorporarse y situarse justo delante de ella. Aquel hombre era el responsable de que Rex Glow hubiese dejado de patrocinarla. Eso hacía que se sintiese furiosa, pero, sobre todo, estaba muy sorprendida por la otra información que le acababa de dar.

–Dígame dónde está su padre.

En ese momento, Rebel entendió que lo llamasen el Dragón. Sus ojos grises eran lo suficientemente gélidos y letales como para haber congelado el Sáhara. Y al mismo tiempo daba la sensación de que iba a echar fuego por la nariz en cualquier momento.

–No... no sé dónde está.

–¿Y espera que la crea?

–Crea lo que quiera. Hablamos brevemente por teléfono hace un par de días. Comentamos que podíamos comer juntos, por eso he venido hoy, a darle una sorpresa...

Pensó entonces que su padre casi no había articulado palabra durante aquella conversación, que había sido ella la que lo había dicho casi todo.

–Le advierto que lo mejor es que me cuente la verdad ahora, señorita Daniels, antes de que las cosas se pongan peor, tanto para usted como para su padre –la amenazó Draco Angelis.

Ella no pudo evitar sentir miedo.

–En realidad no quedamos en nada. Y hoy he decidido sobre la marcha venir a ver si podíamos comer juntos. Llevo un tiempo sin verlo y...

–¿Cuánto tiempo?

–Esa información es privada, no es asunto suyo.

–¿No cree que la repentina desaparición de mi director financiero y su presencia aquí, en mi edificio, son de mi incumbencia?

–Supongo que se ha tomado unas vacaciones. ¿Y qué? –comentó ella.

–Teniendo en cuenta que en los cinco años que lleva trabajando para mí nunca se ha ido de vacaciones, supongo que comprenderá que me resulte sospechoso que haya decidido tomárselas ahora, sin consultarme antes. Además, tenemos un procedimiento para el absentismo laboral. Mis trabajadores no suelen faltar al trabajo sin más.

–¿Porque si no los despediría inmediatamente?

–Tal vez no inmediatamente. Antes pediría una explicación.

Ella puso los ojos en blanco.

–Así que no es solo un dragón, sino también un ogro. Enhorabuena.

Él la fulminó con la mirada gris.

–¿El tema le resulta divertido?

Rebel se enfadó.

–Tan divertido como haber descubierto que, al parecer, tiene algún problema personal conmigo a pesar de que es la primera vez que nos vemos.

Él se puso tenso, su expresión se volvió todavía más impresionante.

–No hace falta que nos conociéramos para que supiese la clase de persona que es. Y su comportamiento en la última media hora no ha hecho más que confirmar mis sospechas.

–¿No me diga? De todos modos, no sé por qué le interesa tanto mi vida privada.

–Si es del interés de mi cliente, también lo es del mío. Además, es solo cuestión de tiempo que sus irresponsabilidades afecten directamente a otro atleta –replicó Draco sin dejar de mirarla fijamente a los ojos.

La reacción de Draco Angelis era demasiado exagerada como para que Rebel pudiese creer que solo estaba pensando en un cliente.

No obstante, ella solo quería salir de allí y buscar a su padre.

–Me parece que hemos terminado, señor Angelis. Rex Glow ya no es mi patrocinador, así que yo no tengo por qué escuchar sus acusaciones infundadas acerca de mi vida. Si quiere creer todo lo que lee en las revistas, es su problema, no el mío.

Él no intentó detenerla cuando fue hacia la puerta. Y Rebel supo el motivo en cuanto intentó abrirla y no pudo.

–Abra la puerta ahora mismo.

–No he terminado con usted. Se marchará cuando me diga dónde se está escondiendo su padre.

Ella se giró y se lo encontró muy cerca. Su olor invadía todos sus sentidos un segundo después.

Aquel hombre no era solo un dragón peligroso, era una criatura muy bella, su rostro y su cuerpo eran una impresionante combinación diseñada para atrapar a sus indefensas presas.

¡Pero ella no era su presa!

–¿Siempre se precipita sacando conclusiones o estamos teniendo mi padre y yo un trato de favor?

–¿Quiere que toda la empresa se entere de que mi director financiero me ha robado?

–¿Tiene pruebas?

–No son pruebas definitivas, pero la cosa no pinta bien. Es solo cuestión de tiempo que averigüemos adónde ha ido a parar el dinero. Y el hecho de que su padre no esté respondiendo a mis llamadas y a mis correos no es precisamente prometedor.

—¿Y qué le diría si respondiese?

—Ha trabajado muy bien para mí durante cinco años. Escucharía sus explicaciones.

—¿Antes de hacer que cayese sobre él todo el peso de la ley?

—¿Piensa que debería dejarlo marchar si fuese culpable?

A ella le dio un vuelco el corazón.

—Teniendo en cuenta que todavía no sabemos si ha hecho algo malo, yo pienso que sí.

—Su cara de póker no es tan buena como piensa. Sabe dónde está. Dígame algo y me lo pensaré antes de denunciarla.

—No sé dónde está. Se lo juro –respondió Rebel.

Draco dio el último paso que los separaba y la agarró del brazo desnudo. Y ella sintió como una corriente eléctrica recorría todo su cuerpo, separó los labios e intentó tomar aire.

Draco, por su parte, inhaló profundamente. La expresión de su rostro fue de desconcierto por un instante, pero luego volvió a tornarse fría.

—Tal vez no sepa dónde está, pero sabe algo. Le sugiero que me lo cuente ahora.

Rebel negó con la cabeza. Si su padre había tomado un dinero que no era suyo y lo había depositado en su cuenta, ella no lo podría devolver. En esos momentos, no supo qué era peor, si confesar que sospechaba que su padre era culpable, o informar a Draco Angelis de que había utilizado el dinero para participar en los campeonatos de Verbier. Estaba casi segura de que este la consideraría cómplice del crimen y haría que la metiesen en la cárcel.

–Arabella, esta es tu última oportunidad.

Ella se sintió desconcertada al oír que la llamaba por su nombre. La sensación fue tan fuerte que le temblaron las rodillas y sintió calor entre los muslos.

Separó los labios, pero antes de que le diese tiempo a hablar Draco la agarró del otro hombro y le advirtió:

–Piensa bien lo que vas a decir.

Rebel respiró hondo.

–No –respondió con firmeza.

–¿A qué estás respondiendo con ese no? –le preguntó él.

–No voy a responder a más estúpidas acusaciones. Ni voy a permitir estar prisionera en este despacho. Ni que me toque. No a todo. Ahora, déjeme marchar o me pondré a gritar.

–Grita todo lo que quieras. La habitación está aislada.

–Qué casualidad. ¿Hace esto con frecuencia?

–¿El qué?

–Traer aquí a mujeres y retenerlas en contra de su voluntad.

El juró entre dientes en un idioma que Rebel no entendía.

–Nunca ha venido a mi despacho una mujer en contra de su voluntad.

–Entonces, ¿admite haber seducido a mujeres en su despacho durante la jornada laboral?

Él sonrió.

–Veo que das por hecho que soy yo el que seduce.

–Así que no solo tiene que aguantar que hagan espectáculos en sus oficinas, sino que además vienen a seducirlo a su despacho. Pobrecillo. No sé cómo consigue trabajar.

–Tienes la lengua muy suelta, Arabella –la tuteó.

Ella volvió a estremecerse, pero luchó contra la sensación.

–Y una mente muy ágil, así que si piensa que va a ocurrir algo que no sea que me voy a marchar de aquí inmediatamente, está muy equivocado.

–Veo que eres una mujer muy segura de ti misma.

–Si me desnudase aquí y ahora, ¿me rechazaría?

–No lo harías. En realidad, eres más recatada de lo que quieres hacer ver.

Rebel no pudo evitar ruborizarse.

–En cualquier caso, nunca lo sabrá.

–Por supuesto que sí. Si quiero, te desnudarás ante mí en un futuro muy próximo. Dónde y cuándo yo decida, cuando sepa que nadie nos va a interrumpir.

–Me va a tener que decir dónde compra las bolas de cristal. Me había quedado sin ideas para los regalos de Navidad.

Él le soltó un brazo y Rebel estaba a punto de suspirar aliviada cuando vio que Draco le ponía la mano en la nuca y hacía que levantase el rostro. Se le aceleró el corazón y le ardió la sangre en las venas.

Draco inclinó la cabeza y bajó la vista a sus labios. Estaba a punto de besarla y ella no se podía mover ni podía apartar la mirada de unos labios que se acercaban a los suyos cada vez más.

–No necesito bolas de cristal para lidiar con el sexo opuesto, pero nos estamos alejando del tema del que estábamos hablando. Cuéntame lo que sabes, Arabella.

–Por última vez, aparte las manos de mí. No sé dónde está mi padre...

El pitido del intercomunicador que había sobre el escritorio la acalló. Draco se puso tenso y apretó la mandíbula, molesto con la interrupción.

–Señor Angelis, siento molestarlo, pero Olivio Nardozzi ha vuelto a llamar. No quiere dejar un mensaje ni esperar, dice que le prometió que le devolvería la llamada hace quince minutos.

Draco levantó la cabeza, pero no la soltó, ni apartó la mirada de sus labios mientras contestaba:

–Dígale a Olivio que hablaré con él en dos minutos. Que espere en línea o que yo lo llamaré.

–Sí, señor Angelis.

Volvió a hacerse el silencio en la habitación. Draco no parecía tener prisa por hablar, ni por hacer nada que no fuese retenerla allí.

–¿Otro de sus angelicales y comprensivos clientes? –se burló ella.

–Llegará el día en que esa boca te meterá en un buen lío –respondió él.

–Se acaba su tiempo, señor Angelis.

Él la agarró con más fuerza y luego la soltó de repente. Antes de que a Rebel le diese tiempo a escapar, Draco apoyó ambas manos en el cristal que había a sus espaldas.

–Tienes hasta las seis de esta tarde para decirme lo que sabes acerca de mi dinero. Estoy seguro de que no vas a querer que vaya a buscar una respuesta.

Ella quiso retarlo, pero se mordió la lengua, era más sensato batirse en retirada.

Notó que Draco le metía una tarjeta de visita en la cinturilla de los pantalones de licra, el dorso de sus dedos le rozó la piel y sus músculos se tensaron al notarlo.

Entonces lo vio retroceder. Un momento después la puerta estaba abierta.

–Supongo que ya puedo marcharme.

Él levantó el teléfono y marcó varios números.

–Si mi equipo de seguridad no te retiene, te puedes marchar, pero ambos sabemos que eres culpable de algo, Arabella. Haz lo correcto y llámame.

Se sentó detrás del escritorio y empezó a hablar por teléfono:

–Olivio, perdona que te haya hecho esperar. Espero que me hayas llamado porque has reconsiderado mi oferta –dijo en tono encantador y cercano.

Rebel salió de allí y tomó el ascensor. Dio por hecho que podía marcharse cuando se encontró con el jefe de seguridad en la planta baja y este le dio sus pertenencias. Las tomó y volvió a salir al débil sol del mes de febrero.

La suave brisa le aclaró un poco las ideas, pero no podía dejar de pensar en la tarjeta de visita que le quemaba la piel, y en que el dinero que había utilizado para conseguir participar en el campeonato había sido robado a un hombre que la tenía en muy baja estima.

Se sacó la tarjeta y clavó la vista en ella.

Deseó romperla y tirarla al suelo, pero supo que era una tontería.

Buscó el teléfono en su bolso mientras se alejaba del edificio de Draco.

–Contessa, ¿sabes si han cargado ya los cheques del campeonato?

–Hola, ¿cómo estás? Sí, ya han cargado los cheques, esta mañana, y también el dinero de tu viaje, el alojamiento y el equipo. Iba a pasarme por tu casa esta noche con una botella de champán para celebrarlo. Sé que no bebes cuando estás entrenando, pero había pensado que un trago o dos no te harían mal... ¿Rebel? ¿Te ocurre algo?

Ella espiró, presa del pánico.

–¿Y no hay manera de recuperar el dinero?

–¿Recuperarlo? ¿Por qué? –le preguntó su manager.

–Da... da igual.

–Cuéntame qué ha ocurrido.

–Nada. Son los nervios de última hora. Ven a verme si quieres, pero sin el champán.

–Por supuesto... ¿Seguro que estás bien?

–Seguro. Luego hablamos.

Colgó e, inmediatamente, marcó el número de su padre a pesar de que sospechaba que no iba a funcionar. Se aclaró la garganta al oír que saltaba el contestador y dejó un mensaje.

Sintiéndose indefensa por primera vez en mucho tiempo, colgó. Se colocó los auriculares, subió el volumen y corrió al metro, haciendo un esfuerzo por no pensar en la tarjeta que había vuelto a meterse en la cinturilla del pantalón y manteniendo la esperanza de que no se vería obligada a utilizarla.

Capítulo 4

DRACO leyó el informe por segunda vez y después lo cerró. Se preguntó por qué su director financiero no se había molestado en ocultar pistas y después se dijo que el motivo no le importaba.

Lo cierto era que se había cometido un delito. Que Daniels y su hija habían cometido un delito.

Porque Draco no tenía la menor duda de que ella también estaba metida en aquello hasta el cuello. Lo había visto en su rostro, aunque hubiese intentado ocultárselo.

Apretó la mandíbula al recordar la suavidad de su boca... su sedosa piel. Arabella no había utilizado solo la boca para distraerlo. Había utilizado todo el cuerpo. Intentó recordárselo a su propio cuerpo mientras atravesaba la ciudad a toda velocidad para dirigirse a la dirección de Chelsea que sus investigadores le habían dado.

También se sentía molesto porque había sabido que Arabella no lo llamaría en el plazo que él le había dado. Habían pasado las seis y a pesar de que tenía en sus manos todas las pruebas que necesitaba, la hija de su director financiero había mantenido el silencio.

Abrió un sobre que contenía otros problemas bien distintos. A pesar de sentirse satisfecho al saber que, por fin, después de muchos meses de duro trabajo, iba a obtener la merecida recompensa, todavía no podía creer que Olivio Nardozzi hubiese incluido aquellas condiciones ineludibles en el contrato.

Pero no había llegado hasta allí para perder.

Todos los agentes querían a Carla Nardozzi, campeona de patinaje, número uno del mundo. Era trabajadora, carismática, de una timidez casi virginal, sería la joya de la corona de su agencia... el único problema era la condición que su padre había puesto para que firmase con el grupo Angel.

—Ya hemos llegado, señor –le dijo el conductor, interrumpiendo sus pensamientos.

Draco salió del coche y miró la fachada victoriana del edificio de dos plantas. No había imaginado una casita familiar en un barrio de las afueras. Subió las escaleras que llevaban hasta la puerta y llamó al telefonillo.

La puerta se abrió medio minuto después. Draco se dijo que no le importaba que Arabella no se preocupase por su seguridad, pero al llegar delante de la puerta de su casa y ver que estaba abierta, se enfadó.

La música estaba muy alta, pero no vio los altavoces inmediatamente al entrar y llegar a un salón grande, con las paredes blancas y decorado en tonos morados y rosas.

No le dio tiempo a ofenderse con la decoración, ya que entonces vio a Arabella, que tenía la cabeza agachada y ni se molestó en mirar.

Draco apartó la vista de sus piernas cruzadas el tiempo suficiente para darse cuenta de que, al parecer, estaba haciendo las maletas para realizar un largo viaje. ¿Querría huir con el dinero robado, tal vez?

Apretó la mandíbula y esperó.

Un momento después, Rebel levantó la cabeza y clavó los ojos azules en los suyos. Su gesto fue de sorpresa.

—No eres Contessa –gritó por encima de la música.

—No.

Puso a un lado los ligeros esquíes que Draco sabía que costaban una fortuna y se puso en pie.

–Usted... Estaba esperando a... ¿Qué está haciendo aquí?

–¿Siempre abres la puerta sin preguntar quién es? –replicó él.

Rebel se encogió de hombros.

–Pensé que era Contessa, mi manager. Es la única que sabe dónde...

Se interrumpió e hizo un ademán.

–Da igual. Volvamos a mi pregunta. ¿Qué hace aquí?

–Si insistes que sigamos jugando, te daré una pista, pero antes tienes que bajar la música.

Ella levantó la barbilla y se cruzó de brazos.

–No, si no le gusta mi música, puede marcharse por donde ha venido.

Él hizo un esfuerzo para no recorrer su cuerpo con la mirada. Iba vestida con una camiseta de tirantes y pantalones cortos. Prefirió ir hacia el aparato de música y bajarla él mismo.

–¡Eh, no puede hacer eso!

Draco se giró hacia ella e intentó no reaccionar ante su olor a champú de melocotón y un delicado perfume que invadía todos sus sentidos.

–¿Te has olvidado de la hora que es, Arabella? ¿No tienes reloj?

Ella apartó la vista del aparato de música y la clavó en su rostro.

–Tengo reloj. De hecho, tengo varios. Y sé perfectamente la hora que es.

–En ese caso, imagino que pensaste que las últimas palabras que te dediqué eran una broma.

–No del todo. No parece de los que gastan bromas. Y dudo que sepa apreciar un chiste, por muy bueno que sea.

–¿Nunca te tomas nada en serio?

Rebel se encogió de hombros.

Él deseó agarrarla como lo había hecho en su despacho, pero se metió las manos en los bolsillos para contenerse. A Arabella Daniels le gustaba provocar, pero él no iba a entrar en su juego, sino que iba a ser el que ponía las normas.

–En realidad, me tomé sus palabras como una sugerencia... tal vez una invitación, pero, como ve, he decidido no aceptarla.

Draco tomó aire. ¿Por qué le sorprendía aquel comportamiento? Sabía muy bien la clase de persona que era. La misma que había reducido el sueño de su hermana a un montón de cenizas. Él había confiado el bienestar y el talento de su querida hermana Maria a alguien que había pensado que la cuidaría, pero que le había destrozado la vida.

Miró hacia donde estaban las maletas, la ropa y el material de esquí, tirados en el suelo.

–¿Vas a alguna parte?

–Lo cierto es que sí, y estaba haciendo las maletas cuando me ha interrumpido, así que...

Draco bajó la vista a los esquíes que Arabella había estado envolviendo cuando él había llegado.

–Parece un equipo nuevo. Y caro. ¿Te ha caído el dinero del cielo? –inquirió.

Ella se puso tensa.

–Eso no es asunto suyo.

Draco hizo un gesto brusco con la mano.

–Basta. Tengo pruebas irrefutables de que el dinero que tu padre ha desviado ha ido a parar a tu cuenta bancaria. Ya te he dado tiempo más que suficiente para que me contases la verdad, pero veo que prefieres seguir mintiendo. ¿Estás dispuesta a hablar del tema en serio o prefieres que vaya a la policía?

Se sacó el teléfono del bolsillo, dispuesto a marcar.

Ella bajó los brazos. Se había ido poniendo pálida según oía hablar a Draco, pero todavía había fuego en su mirada.

—No he mentido. No sé dónde está mi padre y no tengo nada que ver con el desvío del dinero —respondió con el ceño fruncido—. ¿Está seguro de que no es todo un malentendido?

Él sonrió y negó con la cabeza.

—No suelo equivocarme con el paradero del dinero de mi empresa.

Arabella palideció todavía más.

—Ya le he dicho que no sé dónde está mi padre.

—¿Has intentado llamarlo por teléfono?

—Varias veces —admitió ella, enterrando los dedos en su pelo suelto.

Draco se dio cuenta de que estaba preocupada por primera vez, y aquello lo llenó de satisfacción.

—No ha respondido a mis llamadas —añadió, como si estuviese desconcertada con la situación.

—En cualquier caso, el dinero ha ido a parar a tu cuenta.

—Sí.

—¿Vas a responder a mis preguntas ahora?

Rebel asintió.

—Faltan varias semanas para que empiece el campeonato. Y las pistas de entrenamiento de Verbier no abren hasta dentro de un mes. ¿Adónde vas?

—Tengo una amiga que tiene un chalet en Chamonix. Iba a ir a entrenarme allí.

—¿Quieres decir que ibas a huir del país con el dinero? Tal vez pretendías reunirte con tu padre y celebrar juntos que me habíais engañado.

—No —le respondió—. ¿Me creería si le digo que no sabía de dónde procedía? ¿Que intenté devolverlo nada más recibirlo?

Draco arqueó una ceja y volvió a mirar el caro equipo que había en el suelo.

—¿De verdad?

—Miré, sé lo que piensa...

—Lo dudo mucho. Pedirle al banco que devolviese el dinero era demasiado complicado, pero supongo que gastártelo fue muy sencillo, ¿verdad?

—No me lo gasté. No inmediatamente. El dinero llegó después de que Rex Glow y el resto de mis patrocinadores empezasen a abandonarme, gracias a usted, supongo. Mi padre debió de darse cuenta de lo que ocurría...

Hizo una pausa, pero ya era demasiado tarde.

—¿Quieres decir que, además de desviar mi dinero, tu padre violó la confidencialidad de su trabajo?

—¡No! No lo sé.

—Tengo la sensación de que me estás ocultando algo.

Ella estuvo en silencio unos segundos, después suspiró.

—De acuerdo, si tanto le interesa, le diré que llevaba años sin hablar con mi padre hasta que, hace un par de semanas, me llamó.

—¿Por qué no os hablabais?

—Eso no es asunto suyo —replicó Rebel—. El caso es que cuando hablamos le pregunté por el dinero, y me dijo que me lo daba sin ninguna condición. Que era mío y podía utilizarlo como quisiese. Y entonces perdí a un par de patrocinadores más...

—Y decidiste utilizarlo, sin pararte a pensar de dónde había salido semejante cantidad.

—Tal vez usted esté acostumbrado a sospechar de todo el mundo, pero el padre al que yo conocía antes de que... perdiésemos el contacto, era un hombre honesto y trabajador. No sé qué le haría usted para que...

—¿Perdona?

Su atrevimiento lo sorprendía.

—¿No pretenderás echarme a mí la culpa de lo ocurrido?

—Mi padre no está aquí para dar su versión, ¿no?

—No —murmuró Draco—, pero estás tú.

—De acuerdo, espere un momento.

Rebel se acercó al aparato de música y puso una sensual melodía de Oriente Medio. Luego volvió a acercarse a él.

—Tengo un plan en mente para que recupere su dinero.

Draco no había esperado oír aquello, pero...

—Te escucho.

—Mi manager ha recibido una oferta para que participe en un *reality show* después de los campeonatos. No iba a aceptar, pero veo que no tengo elección.

—No.

—¿Por qué no? —preguntó ella sorprendida.

—No quiero que te prostituyas delante de una cámara para devolvérmelo.

—No es esa clase de programas...

—Todos son esa clase de programas. Si piensas lo contrario es que eres muy ingenua, además de tonta.

—Y usted es un cerdo arrogante que piensa que puede decirme lo que tengo que hacer. No dudo de que tiene mucho poder en el mundo del deporte —comentó en tono irónico—. Ya me ha demostrado que puede dejarme sin patrocinadores, aunque todavía no acabo de entender el motivo, pero no voy a permitir que maneje mi vida privada. Si no le gusta mi propuesta, lléveme a la cárcel. Aunque no sé cómo va a recuperar el dinero si lo hace.

La pasión de Arabella despertó algo en él que llevaba mucho tiempo dormido. Llevaba mucho tiempo dedicándose únicamente a controlar su imperio. Y a asegurarse de que a Maria no le faltase de nada. El resto de emociones era superfluas.

El recuerdo de su hermana lo devolvió a la realidad.

—Aunque finjas lo contrario, estoy seguro de que te asusta la idea de ir a la cárcel. Además, ¿vas a arriesgarte a que tu padre pague por lo que ha hecho?

Ella se quedó helada al oír aquello.

—¿Mi padre? ¿No había dicho que iba a ser yo la que devolviese el dinero?

—Eso no lo absuelve de su delito. Mi empresa va a ser auditada a finales de mes. Independientemente de quién ponga el dinero, se va a descubrir lo ocurrido.

—Pero... no puedo darle medio millón de libras de aquí a final de mes.

—Lo sé —respondió Draco con satisfacción.

El rostro de Arabella se ensombreció.

—Usted puede hacer algo para evitarlo. Si quiere. Es eso lo que está intentando decirme desde que ha llegado, ¿verdad?

—Todo depende de si estás dispuesta a satisfacer mis demandas.

Ella negó con la cabeza.

—Si espera que me retire del campeonato, la respuesta es no.

—¿Tanto deseas competir?

Rebel se mordió el labio inferior un instante. Los labios le temblaron ligeramente antes de responder:

—Sí.

Draco había sacado las manos de los bolsillos sin darse cuenta, lo vio al agarrarla de los hombros. Arabella tenía los huesos delicados y la piel muy suave.

—¿Y estás dispuesta a escucharme cinco minutos?

—Si insiste, pero tengo un entrenamiento a las cinco de la mañana, así que, si no le importa, empiece ya, señor Angelis.

–Draco.

–¿Cómo?

–Para lo que tengo en mente, necesito que empieces a llamarme por mi nombre. Inténtalo.

–No.

Él puso la mano bajo su barbilla para que lo mirase a los ojos.

–Di mi nombre, Arabella.

–Prefiero que me llamen Rebel.

–Me parece que ya hemos dejado claro que tus preferencias no están en mi lista de prioridades. Te llamaré Arabella, y tú me llamarás por mi hombre.

–Está bien... Draco.

–Una vez más, con sentimiento.

–Esto es absurdo... Draco.

La sensualidad con la que dijo su nombre hizo que Draco estuviese a punto de perder el control y le recordó que su libido estaba viva y bien viva.

Después se preguntó si se había vuelto loco, pero entonces se recordó por qué lo hacía.

Por Maria. Por la hermana a la que había fallado. Por la hermana cuya mirada se llenaba de dolor cada vez que lo miraba. Para conseguir su perdón y devolverle la alegría a sus ojos.

–Tierra llamando a Draco.

Este volvió en sí. La música envolvía la habitación con un ritmo sensual y la sirena que tenía delante en pantalones cortos iba a ser la respuesta a sus plegarias.

Se estaba volviendo realmente loco...

Se apartó al notar unos dedos suaves en la barbilla.

–Si no te has convertido en un zombi, ¿puedes decirme por qué debo llamarte por tu nombre?

Él clavó la vista en su rostro perfecto. Tenía los ojos grandes, los labios separados, era la viva imagen de la inocencia. Aunque Draco sabía que al mismo tiempo era salvaje y temeraria.

Eso haría que mantuviese las distancias con ella, emocional y sexualmente, aunque aquello último estaba en el aire, teniendo en cuenta su plan.

Lo hacía por Maria. Solo por Maria.

–Si no quieres que tu padre y tú vayáis a la cárcel, tendrás que fingir que eres mi prometida durante los próximos tres meses.

Capítulo 5

REBEL rio con incredulidad.

—Prefería saltar en caída libre desnuda. Dos veces.

Draco puso gesto de asco.

—Si piensas que eso sería tu peor pesadilla es que no has estado en el infierno.

—Lo siento... ¿Lo has dicho en serio? ¿Para qué necesitas una prometida falsa? ¿Y por qué yo?

Aquello era absurdo.

Él hizo una mueca y sacudió la cabeza.

—El motivo te lo explicaré cuando hayas aceptado mi propuesta. Y por qué tú se debe a que estás en deuda conmigo. Y porque tu reputación encaja con lo que necesito.

—¿Mi reputación? —repitió, dolida.

—Tienes una relación bastante relajada con la verdad y robas. También podrías fingir, ¿no?

Rebel se apartó de él. O lo intentó, porque Draco la tenía agarrada con fuerza.

—Jamás podría fingir que me gustas. Suéltame.

A él le brillaron los ojos de manera peligrosa.

—No me enfades, Arabella. Te sugiero que pienses seriamente lo que te he pedido.

—Y yo te sugiero a ti que pienses seriamente lo que me has pedido. ¿Quién se va a creer que nos sentimos atraídos el uno por el otro, mucho menos que estamos prometidos?

Él no respondió. Antes aflojó los dedos hasta que estos solo rozaron su piel. Entonces, muy despacio, pasó las manos por sus brazos. Rebel se sintió alarmada al sentir calor en determinados lugares de su cuerpo.

Draco le acarició el interior de las muñecas y ella no pudo evitar estremecerse. Se dijo que debía apartarse de él y poner fin a aquella inquietante sensación, pero se quedó donde estaba.

Draco se dio cuenta de lo que sentía e inclinó la cabeza.

Rebel dejó de respirar mientras, por segunda vez aquel día, pensaba que Draco Angelis la iba a besar. Deseó que lo hiciera a pesar de decirse que era imposible.

Las breves y superficiales relaciones que había tenido en el pasado siempre la habían dejado fría. De hecho, con ningún hombre había ido más allá de un par de besos, a pesar de lo que especulaban de ella las revistas. Nunca le había preocupado seguir siendo virgen.

Pero en esos momentos todo su cuerpo deseaba que aquel hombre la besase.

Se preguntó si Draco se reiría si se enteraba de lo inocente que era. O si eso lo asustaría.

—¿No te parece que tenemos química?

—No.

—Entonces, ¿por qué se te ha acelerado el pulso? ¿Por qué se entrecorta la respiración cuando te toco? —le susurró él al oído—. Llevas un minuto mirando mis labios y humedeciendo los tuyos, esperando un beso. ¿Quieres que te bese, Arabella?

—No. ¡No!

En esa ocasión sí que se apartó, y él la dejó marchar. En la otra punta de la habitación, Rebel se cruzó de brazos, consciente de que tenía los pezones endurecidos.

–No sé adónde quieres ir a parar con esto...

–Dudabas de nuestra habilidad para fingir una atracción. Y te he demostrado que estás equivocada.

–Lo que acabas de demostrarme es que los dos somos actores medio decentes. Eso, te lo concedo, pero todavía no me has dicho por qué debería acceder a semejante farsa.

A él se le oscureció la mirada. Apretó la mandíbula y los puños y Rebel se dio cuenta de que estaba haciendo un esfuerzo por recuperar el control de su cuerpo.

–Tienes razón. He desperdiciado el tiempo viniendo aquí –decidió Draco, volviendo a acercarse a ella–. Iré a la policía ahora mismo. Te sugiero que no intentes escapar. De todos modos, la prensa se habrá enterado por la mañana. También presentaré cargos civiles para intentar recuperar el dinero robado, así que te sugiero que contrates a un buen abogado.

Draco se marchaba. Tal y como ella quería.

Iba a denunciarlos, a ella y a su padre. Iba a impedir su reconciliación con él y la posibilidad de dejar descansar por fin al fantasma de su madre.

Así que Rebel supo que no podía dejarlo marchar, aunque la alternativa...

–¡Espera!

Draco se detuvo en la puerta, pero no se giró hacia ella. Rebel sintió miedo.

–¿Me puedes contar algo más?

–No. O accedes a lo que te pido, o te enfrentas a la denuncia.

Ella tragó saliva. Se apoyó en la pared del pasillo y se pasó los dedos por el pelo.

–¿Y si accedo a fingir que soy tu prometida durante tres meses dejarás de buscar a mi padre y no pondrás ninguna denuncia?

–Siempre y cuando hagas bien tu parte, sí.

–¿Y podré seguir con los entrenamientos?

–Podrás entrenar, pero tendrás que adaptarte para viajar.

–De acuerdo.

Se miraron. Rebel seguía sin poder creer que hubiese aceptado. La expresión de Draco era indescifrable, pero la estaba atravesando con la mirada.

–Será mejor que me digas exactamente lo que esperas de mí para poder hacerlo lo mejor posible.

–Solo tienes que ser tú misma, con uno o dos cambios.

–¿Se puede saber qué clase de mujer piensas que soy?

–Una hedonista a la que solo le importan sus propios sentimientos.

A Rebel se le encogió el estómago y no supo por qué se sentía tan mal al oír aquello. En cualquier caso, no tenía que demostrarle nada a Draco Angelis. La opinión que tenía de ella no le importaba. Solo importaba proteger a su padre e intentar reparar todo el daño que había causado.

–¿Y de qué cambios estamos hablando? –preguntó después de tragarse el nudo que tenía en la garganta.

–No saldrás con ningún otro hombre mientras estés conmigo. A ojos de los demás, serás mía y solo mía.

–¿Eso es todo?

–Por el momento. Ya iremos hablando de otras condiciones según vayan surgiendo.

–Qué democrático –murmuró ella entre dientes–. ¿Delante de quién quieres fingir exactamente?

Draco se metió las manos en los bolsillos.

–¿Tenemos un acuerdo?

Rebel tragó saliva.

–Sí.

Draco asintió y volvió al salón. Rebel lo siguió y vio que se sentaba en el pequeño sofá blanco. Aquello la alarmó, pero ya no había marcha atrás. Había dicho que sí.

–Siéntate.

Ella se mordió la lengua y obedeció. El instinto le decía que Draco no le daría una segunda oportunidad.

–¿Conoces a Carla Nardozzi?

Rebel frunció el ceño.

–¿La tres veces campeona de patinaje? Por supuesto. Todo el mundo sabe quién es.

–La quiero.

–Entonces, ¿qué haces aquí? Tengo entendido que vive en Nueva York y estoy segura de que podríais ser muy felices juntos.

Draco frunció el ceño.

–¿Felices?

Rebel se encogió de hombros.

–Acabas de decir que la quieres... ¿Se está haciendo la dura? ¿Es eso? ¿Quieres utilizarme para ponerla celosa?

Él frunció el ceño todavía más, después negó con la cabeza.

–No me has entendido, la quiero como clienta, pero su padre se interpone en mi camino.

Rebel se sintió aliviada, aunque no supo por qué. La vida privada de Draco no era asunto suyo.

–De acuerdo, pero sigo sin comprender para qué necesitas una prometida.

Draco se echó hacia delante y apoyó los codos en las rodillas.

–En las últimas reuniones que he mantenido con Olivio Nardozzi esté ha dejado caer que solo permitirá que su hija firme conmigo si yo pongo algo... más sobre la mesa.

–¿Algo más? ¿Quiere que salgas con su hija?

–Sospecho que tiene en mente algo más permanente.

–¿Y tú pretendes ganarle a su propio juego? ¿Todo por un contrato?

–No, tengo otros motivos.

–¿Cuáles?

Draco bajó la vista y entrelazó las manos entre las rodillas.

–Mis otros motivos son privados.

–No me gustan las sorpresas. Y dudo que papá Nardozzi se empeñase en emparejarte con su hija si esta y tú os odiaseis.

A él le brillaron los ojos.

–Conozco a Carla desde que era una adolescente.

–¿Y? –insistió ella.

–Que nuestro pasado no importa ahora. Tú solo tienes que ayudarme a convencer a Nardozzi de que estoy ocupado.

Rebel contuvo las ganas de seguir haciendo preguntas acerca de su pasado y añadió:

–¿Y piensas que dejará firmar a su hija si no le das lo que quiere?

–Gracias a mi empresa está a punto de conseguir el mejor contrato que ningún deportista ha firmado nunca –respondió Draco–. Javier Santino, el patrocinador, se está cansando de esperar y Nardozzi tiene que darse cuenta de una vez por todas de cuál es mi postura.

–¿Y no le bastaría con un simple *no*?

–Hay personas que no entienden una negativa. Piensan que tienen derecho a tener todo lo que quieren.

Rebel se puso en pie y se cruzó de brazos.

–De acuerdo, lo entiendo. Así que quieres sacarme por ahí un par de veces para convencer a papá de que tiene que buscar a otro marido para su hija, ¿no?

–Hará falta algo más que un par de salidas. Nardozzi

está organizando una gala benéfica en Italia este domingo. Me ha invitado a alojarme en su casa de la Toscana antes de la gala y me ha dejado claro que no vamos a hablar de negocios, lo que significa que quiere llevar a cabo su agenda personal.

–¿Y yo tengo que acompañarte a la Toscana este fin de semana? –preguntó Rebel, sintiendo que se le encogía el estómago ante la idea de pasar tiempo cerca de Draco Angelis.

–Sí. Volaremos el sábado y volveremos el domingo.

Rebel fue hasta la ventana y se apoyó en ella.

–Sigo sin entender por qué le sigues el juego si en el fondo piensas que al final firmará.

Draco estuvo en silencio todo un minuto, y Rebel supo que había metido el dedo en la llaga.

–No quiero solo representar a Carla, también pretendo que cambie de equipo de entrenamiento y ser yo quien lo dirija.

Rebel tuvo la sensación de que le faltaba alguna información clave.

–No sabía que los agentes tuviesen algo que decir acerca de los entrenamientos.

–Normalmente, no lo hacen.

A Rebel no le dio tiempo a preguntar más, ya que Draco añadió:

–Antes de irnos a la Toscana, tenemos que llamar la atención de la prensa. Le pediré a mi secretaria que te envíe una lista de los restaurantes a los que me gusta ir. Si tienes alguna objeción, házselo saber. Y envíale tu agenda de entrenamientos, por favor. Intentaré echarle un vistazo.

Rebel imaginó que debía sentirse agradecida, pero no pudo impedir preguntar:

–¿Necesitas algo más, como mis huellas dactilares o una muestra de ADN?

Él la miró de arriba abajo antes de clavar la vista en sus ojos una vez más.

–No será necesario, aunque sí deberías intentar arreglar el tema del vestuario para los tres próximos meses.

–¿Qué problema hay con mi ropa? ¿Pensé que te parecía bien como era?

–Considéralo otro pequeño cambio. Mi secretaria te enviará también alguna dirección para eso.

–¿Siempre das las órdenes como un sargento instructor o soy especial?

–Me parece que es la única manera de llegar a ti.

–¿De verdad? No recuerdo que hayas intentado tratarme de manera dulce.

Él se acercó a su lado y volvió a pasar el dedo por su labio inferior.

–Te trataré con dulzura cuando llegue el momento. Saldremos a cenar mañana por la noche. Recuerda lo que hay en juego, Arabella. No me falles.

Ella todavía estaba pegada a la ventana cuando Draco se marchó. Ni siquiera el golpe de la puerta la sacó de su aturdimiento.

Sin saber cómo, consiguió moverse de allí para llamar a su manager y pedirle que no fuese a verla e informarle de su cambio de planes. Luego llevó a su sitio la ropa y los esquíes y se preparó una taza de cacao. El cacao siempre la había ayudado a dormir mejor.

Tenía que evitar pensar en Draco Angelis y en sus caricias.

Era un hombre peligroso y a Rebel siempre le había atraído el peligro.

Capítulo 6

LAS flores llegaron a las ocho de la mañana, cuando estaba poniéndose la ropa de deporte. Greg, su entrenador, que había llegado cinco minutos antes para llevarla corriendo al gimnasio, entró con una ceja arqueada y el ramo de calas más bonito que Rebel había visto jamás.

Además de las flores, el jarrón negro era también precioso.

Greg silbó mientras lo posaba en la mesa del comedor.

—Flores de Gilla Rosa. Hay alguien que quiere llamar tu atención.

Todavía sorprendida, Rebel esbozó una sonrisa.

—Supongo que sí —admitió, acercándose a tomar la tarjeta que había entre las flores, nerviosa.

—¿En el Château Dessida, eh? ¿Pensé que no estabas saliendo con nadie? —comentó Greg, que había leído la tarjeta por encima de su hombro.

Dado que era su entrenador, era de las pocas personas que sabía lo entregada que estaba a la preparación de los campeonatos.

Rebel estuvo a punto de contestarle que no salía con nadie, pero se mordió el labio. En doce horas tendría que empezar a actuar como la prometida de Draco Angelis, así que bien podía comenzar a practicar.

—Hemos empezado hace poco —dijo, dejando la tarjeta en la mesa para terminar de atarse las zapatillas.

Después empezó con la rutina de estiramientos.

—No pretendo juzgarte, pero no sé si es sensato empezar a salir con alguien cuando están tan cerca los campeonatos —le advirtió su entrenador.

Rebel dejó escapar una risa falsa.

—Probablemente no lo sea, pero ¿no dicen que uno no elige de quién se enamora?

Él arqueó las cejas rubias oscuras.

—También dicen que el trabajo duro es tu propia recompensa. Has trabajado mucho para llegar adonde estás, así que no olvides tu objetivo.

Rebel puso los ojos en blanco, pero sin dejar de sonreír.

—De todos modos, tú no me vas a permitir hacerlo. Además, nunca se sabe. Tal vez el amor verdadero sea lo que me falta para poder ganar.

Y echó a correr antes de que Greg pudiese responder.

Al volver a casa después del entrenamiento matinal, acababa de salir de la ducha cuando llamaron al timbre. Era un mensajero con un documento de cinco páginas en el que se detallaba la agenda de Draco para los siguientes quince días y había espacio para que ella escogiese cómo prefería pasar su tiempo libre. Se quedó boquiabierta al leer la extensa lista y la nota final, en la que decía que el mensajero volvería a pasar en una hora a recuperar el documento cumplimentado.

Molesta, empezó a hacer cruces al azar, tachó varias preguntas y respondió a una.

Una hora después le abría la puerta al mensajero con una sonrisa, pero esta se borró de su rostro en cuanto vio que un elegante coche se detenía detrás de la camioneta de este.

Los seis conjuntos con accesorios a juego que le llevó la estilista le quedaban perfectos, y eran extravagantes, pero elegantes al mismo tiempo, así que pensó que podría haberlos elegido ella misma en una tienda. De no haber sido por el precio.

Decidió que era mejor dejarse llevar que sufrir por aquello, y se estaba quitando un mono blanco, sin mangas, cuando sonó el teléfono.

—¿Dígame? —respondió, tumbándose en la cama.

—Espero que no te pases los tres próximos meses haciendo modificaciones a nuestro acuerdo.

—No se me dan bien los enigmas. ¿Qué he hecho mal ahora?

—Tachar preguntas acerca de tus intereses personales y responder de manera inadecuada.

—Ah, es eso. ¿No te gustan los stripteases? —le preguntó.

—Ni hacer *puenting*. Ni comer con los ojos tapados en una habitación a oscuras. Tal vez considerase hacer paracaidismo, si tuviésemos tiempo, pero no lo tenemos.

Rebel se dio la vuelta y clavó la vista en el techo.

—¿Estás seguro de que te atreverías a tirarte en paracaídas?

—¿Me estás retando?

—Tal vez. Responderé a tu aburrido cuestionario si te tiras conmigo después de los campeonatos. Si tienes pelotas.

—No necesito mis pelotas para tirarme en paracaídas, están ahí para otra cosa.

Rebel agradeció estar hablando con él por teléfono, porque sintió que le ardía el rostro.

—Bueno, da igual. Entonces, ¿aceptas?

—No, Arabella. No acepto. No hace falta adrenalina para todo en la vida. Además, prefiero ver cómo te va durante las próximas semanas antes de hacer planes para dentro de varios meses.

La dureza de sus palabras apagó la poca alegría que le quedaba a Rebel. Se sentó al borde de la cama y clavó la vista en el delicado papel y en las cajas que había sobre la cama y en el suelo. De repente, ver aquella ropa tan cara la incomodó.

–¿Por fin he conseguido dejarte sin habla? –le preguntó él.

Rebel se recompuso.

–He contestado a la primera página de tu documento y pienso que con eso tendremos para la primera semana, ¿no?

–Ya hablaremos de eso esta noche. Pasaré por allí a las siete y media, espero que estés preparada.

Draco colgó antes de que a Rebel le diese tiempo a contestarle. Tanto mejor.

Decidió estrenar el mono blanco porque terminó muy tarde el entrenamiento y era la única prenda que no necesitaba que la planchase. Se puso unos tacones dorados y negros, un collar también dorado y pulseras a juego, y se recogió el pelo en un moño suelto antes de terminar con los pendientes de oro y un *clutch* blanco.

Cuando Draco llegó en su coche deportivo ella lo estaba esperando fuera. Abrió la puerta y se sentó en el suave sillón de cuero. Y se dio cuenta inmediatamente de que estaba enfadado.

–¿Siempre esperas en la esquina a que te pasen a recoger?

Ella se abrochó el cinturón de seguridad, cosa que le resultó difícil porque se había puesto muy nerviosa al verlo tan guapo, con un traje oscuro, pero sin corbata y la camisa gris con el primer botón desabrochado.

Cuando por fin estuvo abrochado, Rebel respiró hondo. Y se arrepintió de haberlo hecho porque había aspirado su olor a limpio y a *aftershave*.

–He salido para ahorrarte tiempo. No me digas que he ofendido a tu sensibilidad de caballero.

Él apretó los labios.

—No me habría costado nada ir hasta tu casa.

Rebel no supo por qué aquel comentario tan caballeroso la hacía quedarse sin aliento. Competir a alto nivel significaba olvidarse a menudo de sensibilidades femeninas. Había pensado que no necesitaba comentarios amables y, no obstante, se le había puesto un nudo en la garganta al ver que Draco la trataba con cierta deferencia. Su padre había tratado así a su madre, siempre se había plegado a todos sus deseos.

Recordarlo aumentó su angustia, pero hizo un esfuerzo por recuperar la compostura al darse cuenta de que Draco la seguía mirando.

—De acuerdo. La próxima vez lo haré mejor.

Él puso gesto de sorpresa, pero el semáforo se puso en verde y miró al frente. El resto del trayecto transcurrió en silencio.

El Château Dessida era un edificio pequeño y exclusivo, conocido por su cocina francesa. Se rumoreaba que el cocinero, que tenía tres estrellas Michelin, escogía personalmente a los clientes que acudían al establecimiento. Además, se reservaba el derecho de hacer públicas fotografías de las personas que cenaban en su restaurante.

Draco le dio las llaves del coche al portero y guio a Rebel hasta la puerta.

—Empieza el espectáculo —le murmuró al oído.

Antes de que a ella le hubiese dado tiempo a comprender el sentido de sus palabras, la había agarrado por la cadera. A pesar de la ropa que los separaba, Rebel sintió calor allí donde la estaba tocando. Contuvo un grito ahogado y tropezó, pero Draco la agarró por la cintura.

—¿Estás bien?

Ella lo miró y se sintió aturdida al verlo sonreír de modo encantador. No pudo apartar los ojos de su rostro, que se había transformado completamente.

Aquel era un Adonis, seductor y atento.

—¿Arabella? Cariño, ¿estás bien?

Fue la combinación de su nombre con el apelativo cariñoso lo que la sacó del estupor. Respiro hondo y apoyó una mano en su pecho.

—¿No te estás pasando un poco, *cielo*? —le respondió entre dientes.

Él la agarró del brazo e hizo que se le pusiese la piel de gallina.

—Tú tropezón nos ha venido bien para llamar la atención —contestó él, también en voz baja, mientras le quitaba la estola de piel y se la daba a la señorita que se encargaba del guardarropa.

El comentario molestó a Rebel.

—No lo he hecho a propósito.

—En ese caso, es una suerte que tu amante haya estado aquí para evitar que te cayeras, ¿verdad?

Sin dejar de sonreír, Draco le acarició suavemente la mejilla.

Rebel estuvo a punto de darle un manotazo, pero entonces alguien llamó a Draco a sus espaldas.

François Dessida era un hombre de poca estatura, enjuto y con el pelo castaño, que los saludó efusivamente en francés. Draco respondió en el mismo idioma, luego hizo las presentaciones, y entonces François chasqueó los dedos y apareció el maître.

El dueño les deseó que pasasen una agradable velada y desapareció.

Cuando llegaron a su mesa, después de que Draco se hubiese detenido varias veces en otras a saludar, Rebel se sintió tan frágil y trasparente como una copa.

En cuanto estuvieron sentados y el maître se hubo marchado, Draco se inclinó hacia delante.

—¿Qué te pasa? —le preguntó con voz suave, aunque con cierta tensión.

–¿Puedes tocarme un poco menos, por favor? –susurró ella.

–La idea es exhibir lo enamorados que estamos. Y eso implica cierto contacto.

Por suerte, estaban en una mesa bastante apartada, así que Rebel contestó:

–Pero no tanto. ¿No podemos ser una pareja discreta?

–Esta noche te voy a pedir en matrimonio. Está empezando la que va a ser una de las noches más memorables de nuestras vidas. ¿Y esperas que no te toque?

Ella se quedó boquiabierta.

–¿Vas a pedirme en matrimonio?

–Es lo que se suele hacer para prometerse.

–¿Pero... aquí? –insistió Rebel nerviosa.

–No parece que te guste la idea.

Ella intentó guardar la compostura.

–Supongo que es porque has estropeado la sorpresa. Tengo que mejorar mis habilidades interpretativas –comentó, fingiendo decepción.

El alargó la mano por encima de la mesa y tomó la suya.

–Seguro que vas a estar a la altura de la ocasión –le dijo, levantando su mano para besar el dedo anular.

El flash de la cámara de un teléfono brilló inmediatamente y, a pesar de saber que aquel era un gesto estudiado, Rebel no pudo evitar que se le encogiese el estómago con una mezcla de ansiedad y miedo. En cuanto Draco la soltó, bajó la mano y la cerró sobre su regazo. Se estaba dando cuenta de que no era tan inmune a Draco Angelis como pensaba. La química que tan vehementemente había negado la noche anterior estaba allí y aumentaba con el tiempo.

La actuación estelar de Draco continuó durante el aperitivo y los platos principales. Él comió con hambre mientras que Rebel movía la comida por el plato.

—¿En qué piensas?

—Me has dicho que lo voy a hacer bien, pero no sé si soy capaz —le respondió después de que le hubiese rellenado la copa de vino.

Él respiró hondo.

—Pues te sugiero que encuentres la manera de conseguirlo. Ahora ya no puedes cambiar de opinión. Aunque tu padre volviese y encontrases la manera de que te cayese el dinero del cielo, tienes que cumplir con tu parte del acuerdo.

El vino que acababa de tragar se agrió en su boca mientras hacía girar la copa entre los dedos.

—Pero no ha vuelto, ¿verdad? —le preguntó Draco.

Rebel apretó los labios y negó con la cabeza.

—No, no ha vuelto.

—¿Ya lo había hecho antes? ¿Desaparecer de repente?

—Sí —admitió ella, dolida.

—¿Cuándo?

—Cuando... falleció mi madre. Se fue de casa después del funeral y no volvió en tres meses.

Draco frunció el ceño.

—¿Qué edad tenías tú?

—Diecisiete años.

—¿Y te dejó sola? —preguntó él, volviendo a ser el implacable hombre de negocios.

Aunque fuese absurdo, Rebel sintió cierto alivio al ver al Draco de verdad, aunque siguiese siendo un hombre imponente.

Se encogió de hombros.

—Mi tía venía a dar una vuelta por casa de vez en cuando, pero por aquel entonces yo ya era bastante independiente.

—¿Y acaso eso excusa sus actos? —inquirió Draco enfadado.

–Había perdido al amor de su vida –respondió ella con la vista clavada en el plato–. Y estaba... llorándola.

–¿Acaso no estabas sufriendo tú también?

Ella levantó la vista.

–¡Por supuesto! –dijo, tragando saliva antes de continuar–, pero... es que hay más cosas, Draco.

–Por supuesto, siempre lo hay, pero no es una excusa para no cumplir con las responsabilidades.

–Cada uno gestionamos los problemas de manera diferente.

–Sí. Y tu padre lo hace disparando y dejándote a ti con la pistola.

–¡No...!

–¿Más vino, *mademoiselle*? ¿*Monsieur*?

Ambos miraron al camarero. Draco se recuperó primero, quitándole la botella de la mano y echándolo con un ademán. Rebel negó con la cabeza y él dejó la botella en la mesa sin rellenar su propia copa. Estuvieron en silencio varios minutos, mientras Rebel intentaba controlar los temblores de su cuerpo.

No podía creer que le hubiese contado todo aquello a Draco, que le hubiese dado todavía más munición contra su padre y ella.

–Me diste tu palabra, no puedes echarte atrás –declaró en tono grave.

Rebel tenía muchos motivos para querer echarse atrás, pero todos eran motivos egoístas y se basaban en cómo la hacía sentirse Draco Angelis. Desequilibrada. Aprensiva. Nerviosa cada vez que la tocaba. Deseosa de que la tocase más.

Pero sus sentimientos no importaban. Tenía que ganar el campeonato por su madre y recuperar a su padre.

Le dio otro sorbo al vino y dejó la copa en la mesa.

–No me echaré atrás. Desde este momento, estoy metida en ello.

Capítulo 7

DRACO echó el aire que tenía contenido en el pecho y asintió. Se negó a reconocer que estaba nervioso.

—¿Y me puedes asegurar que esta es la última vez que cambias de opinión?

Ella se encogió de hombros.

—Lo intentaré, pero me reservo el derecho a tambalearme un poco si la situación me supera. Al fin y al cabo, soy humana, no un robot.

Si hubiese sido un robot, habría sido el más sexy del mundo. El calor que había sentido entre las piernas cuando la había sujetado al tropezar revivió con más fuerza. Draco cambió de postura en la silla y notó que le apretaban los pantalones cuando la vio tomar el vaso de agua y beber de él.

Rebel dejó el vaso y lo miró de reojo.

—Esto es muy importante para ti, ¿verdad? —le preguntó.

Draco supuso que Rebel pretendía cambiar de tema y a pesar de que él seguía enfadado al saber que el hombre en el que había confiado durante los últimos cinco días había abandonado a su propia familia, prefirió dejarlo estar. Por el momento.

Se tomó su tiempo antes de responder y pidió café al camarero antes de decir:

—Sí, es importante.

Rebel siguió jugando con el vaso de agua.

–¿Por qué? Y no te molestes en decirme que es por dinero.

Él se puso tenso y se preguntó por un instante cuánto debía contarle.

–No, no es por dinero, aunque como hombre de negocios tengo interés en proteger mis activos y los de mis clientes.

–Por supuesto, pero hay algo más.

–Carla Nardozzi y su padre están pensando en renovar su contrato con Tyson Blackwell para tres años más. Yo pretendo asegurarme de que eso no ocurre.

Rebel lo miró sorprendida.

–Pero Tyson es uno de los entrenadores más solicitados. Yo misma trabajé con él en un programa de grupo hace unos años.

Draco volvió a enfadarse, pero se contuvo. Tenía que hacer el papel de amante enamorado, no de amante enfadado y celoso.

–Lo sé. ¿Y por qué dejaste de entrenar con él?

Ella se encogió de hombros.

–Creo que le tenía echado el ojo a presas más grandes. A Carla Nardozzi, supongo.

–Pues considérate afortunada. Siempre lleva al límite a las personas a las que entrena.

Rebel sonrió al camarero que le acababa de llevar el café antes de volver a mirar a Draco a los ojos.

–¿Y eso es negativo?

–Lo es cuando la otra persona se rompe.

La mirada de Rebel se llenó de comprensión, emoción que Draco jamás habría asociado con la persona egocéntrica que sabía que era ella.

–¿Le ha ocurrido a alguien que conoces? –le preguntó.

–Sí –se obligó a responder Rebel.

Luego tomó su café y lo sopló suavemente. Y Draco volvió a ponerse tenso, pero de otra manera. No supo si enfadarse al darse cuenta de que su libido seguía viva, o si alegrarse de la distracción que le suponía intentar comprender las diferentes personalidades de la mujer que tenía sentada enfrente. Rebel sabía escuchar y era comprensiva y, al mismo tiempo, era una ladrona narcisista. ¿Era posible?

—Pues lo siento. ¿Y estabas muy unido a esa persona? –insistió Rebel.

Draco decidió que prefería tener que enfrentarse a su libido a hablar de temas que le traían recuerdos dolorosos. No obstante, la caja que había en el bolsillo interior de su chaqueta siguió donde estaba mientras se tomaba el café doble.

—¿Te has ocupado de lo de tus otras relaciones, como prometiste?

Rebel se echó a reír.

—En primer lugar, no te he hecho ninguna promesa. En segundo, ¿de dónde te has sacado la idea de que tengo relaciones, en plural?

—En las últimas semanas han aparecido varias fotografías tuyas con cierto grupo de rock.

Algo parecido a dolor cruzó la mirada de Rebel.

—Cole, el cantante, hacía snowboard cuando era más joven. Nos reencontramos en un evento hace un par de semanas y estuvimos un rato juntos.

—En las fotografías apareces sentada en su regazo.

Arabella sacudió la cabeza.

—Cualquiera diría que estás celoso.

La tensión de Draco aumentó.

—Esto no es más que un trámite para asegurarme de que luego no hay sorpresas.

Ella lo miró fijamente a los ojos.

—No las habrá.

Por segunda vez en una hora, Draco sintió que la tensión desaparecía. No sabía por qué, pero creía a

Arabella. Bajó la vista a sus dedos desnudos y sintió un repentino impulso.

Confirmó que se había terminado el café, se puso en pie y le tendió la mano.

Ella dudó un instante antes de darle la suya y levantarse también. Los pocos clientes que quedaban en el restaurante los miraron.

El maître apareció con el chal de Arabella. Draco se lo puso sobre los hombros y notó que se estremecía al rozar su piel.

Le había demostrado a Arabella que había química entre ambos, por mucho que ella quisiera negarlo, pero lo que no había imaginado era que a él también le costaría un enorme esfuerzo resistirla.

Arabella le dio las gracias en voz baja y caminó a su lado, de su mano. Draco estudió su perfil e intentó contener la creciente atracción.

Aunque si lo pensaba fríamente se decía que aquella atracción haría que su relación fuese más creíble. Otra parte de él le pedía que cambiasen las condiciones de su acuerdo para hacer reales determinadas partes.

Acalló a la segunda y condujo a Arabella hasta el coche.

Aunque él hubiese estado dispuesto a tener una aventura, jamás habría escogido como compañera a Arabella Daniels. Su forma de vida, salvaje y descarada, jamás habría encajado con la suya, ni siquiera durante las pocas semanas que solían durar sus relaciones.

Y no podía arriesgarse a que una persona así se acercase a Maria.

Satisfecho con su decisión, la ayudó a entrar en el coche y se puso al volante. El trayecto de vuelta a su casa fue rápido. Cuando Arabella se dispuso a bajar del coche, él la detuvo.

–Espera.

Ella pareció sorprendida, pero esperó a que Draco diese la vuelta al coche y le abriese la puerta.

–Gracias.

La agarró del codo, la acompañó hasta la puerta y esperó a que encontrase las llaves en el bolso.

Arabella lo miró de reojo y esbozó una sonrisa. Estaba nerviosa.

–Invítame a subir.

–¿Por qué?

–Porque falta una cosa antes de poder dar por finalizada la velada.

Ella lo miró fijamente antes de entender lo que quería decir.

–Ah, el anillo de compromiso. Pensé que ibas a dármelo en público.

Él se encogió de hombros.

–Nos quedamos sin público mientras discutíamos de otros asuntos. Y no voy a darte el anillo aquí, en las escaleras. Invítame a subir.

Ella tomó aire.

–Bueno... está bien.

Abrió la puerta y él se la sujetó para que pasase delante, después la siguió escaleras arriba hasta la puerta de su piso. En el salón, esperó a que Arabella encendiese las lámparas y ahuecase los cojines del sofá. Entonces la vio que se retorcía las manos.

–Pareces nerviosa.

Ella rio, se encogió de hombros.

–No sé por qué. Supongo que es la primera vez que me hacen una declaración de amor falsa.

La idea de que otro hombre se le hubiese declarado lo puso tenso, pero apartó la sensación de su mente. Se metió la mano en el bolsillo y al notar el terciopelo de la caja la tensión se transformó en otra cosa. Algo que le pareció que era inquietud. Frunció el ceño. No había practicado lo que iba a decir porque en realidad aquello no era una declaración de amor. Los dos estaban desempeñando un papel con un objetivo en mente. El momento no podía ser tan solemne como él lo sentía.

–Si quieres que te ponga música dramática para acompañar el suspense, dímelo. Tengo mucha –comentó Arabella con una ceja arqueada.

Él agarró la caja con toda la mano.

–No será necesario.

Se acercó a ella, sacó la caja y se la tendió.

Ella dio un grito ahogado, luego frunció el ceño.

–¡Es de verdad! Quiero decir... que no soy una experta en joyas, pero parece uno de verdad.

Draco apretó los dientes.

–¿Pensabas que te iba a dar un anillo falso?

–La verdad es que sí. A juego con el compromiso falso. No sé por qué te muestras tan ofendido.

–Con un anillo falso todo el mundo sabría que el compromiso no es de verdad.

Rebel miró la caja.

–Pero este anillo debe de valer más de lo que te debo. ¿Estás seguro de que me lo quieres confiar? –murmuró–. ¿Y si lo pierdo?

–Tengo un seguro de pérdida. Y de robo.

Draco no supo por qué había añadido lo segundo, pero vio dolor en los ojos de Arabella y se sintió mal..

–Dame la mano.

Ella dudó un instante y Draco no pudo evitar preguntarse si sería así como se sentía un hombre cuando se declaraba ante una mujer. Se compadeció de los que lo hacían.

Rebel sacó la mano izquierda muy despacio, estaba nerviosa.

–Maldita sea –murmuró entre dientes.

–¿Qué pasa? –le preguntó Draco.

Ella se encogió de hombros.

–Si hubiese sabido que iba a tener que llevar un anillo así, habría cuidado más mis uñas.

Siempre las llevaba cortas, pero se las habría pintado. Vio que Draco fruncía el ceño.

–Lo siento, no quería estropear el momento.

–No hay nada que estropear –replicó él–. Y tus uñas están bien.

El diamante rectangular estaba rodeado de diamantes talla baguette que brillaban bajo las tenues luces del salón de Rebel, a la que le temblaban las manos. Le quedaba perfecto y no podía apartar la vista de él. Tampoco pudo evitar preguntarse cómo se habría sentido si aquel momento hubiese sido real.

Aunque jamás habría escogido a Draco Angelis para un momento así. Era demasiado arrogante y dominante para ella.

–Ahora me toca a mí preguntarte si quieres música melodramática. ¿O es que no te gusta el anillo? –preguntó él con voz tensa.

–Es...

Precioso. Rebel estaba tan emocionada que no podía ni hablar.

–Está bien –dijo por fin–. Supongo que con esto Nardozzi se convencerá de que somos pareja.

Draco hizo una mueca.

–Me temo que para eso vas a tener que esforzarte más.

Antes de que a Rebel le diese tiempo a responder, a Draco le sonó el teléfono. Se lo sacó del bolsillo y miró la pantalla un instante, con gesto de satisfacción.

–Dessida ha hecho lo que le pedí.

Rebel no supo por qué le sorprendía que Draco consiguiese que hombres con enormes egos, como François Dessida, se plegasen a sus deseos.

–Estupendo –respondió ella a pesar de los nervios–. Entonces, ya estamos todos listos.

–No del todo –le dijo Draco–. Tienes que trabajar un poco más en tu lenguaje corporal.

–¿Perdona?

Él le enseñó la pantalla del teléfono, donde estaba la fotografía que el restaurante había subido a su red social.

–Esto no es muy convincente.

Rebel miró la fotografía.

–Ya la han visto más de medio millón de personas, no sé dónde está el problema.

–El problema está en que se supone que somos amantes, y tu postura indica otra cosa.

Ella estudió la imagen. Draco tenía la mano en su cadera y ella estaba tensa.

–La próxima vez que nos vean juntos en público serás mi prometida. Tu actuación tendrá que ser estelar –le dijo él mientras se guardaba el teléfono.

–Entendido, te prometo que caeré rendida a tus pies.

–No, tampoco quiero arriesgarme a que te pases. Tenemos que encontrar un equilibrio.

–¿Y cómo sugieres que lo hagamos? ¿Nos hacemos un test de compatibilidad?

–No.

Se acercó más y la agarró por la cintura. El inesperado movimiento y el calor de sus manos hicieron que Rebel se pusiese completamente tensa.

–¿Qué haces? –le preguntó en voz más alta de la que había estado utilizando hasta entonces.

–Te acabas de poner en tensión. Si te ocurre cada vez que te toco, nuestro plan va a fracasar.

–Me has sorprendido, eso es todo –respondió ella con una voz que seguía sin ser la suya.

Draco la acercó más a él y la tensión aumento.

–Arabella, relájate –le pidió con voz profunda, hipnótica.

–Le dijo el encantador a la serpiente.

Él sonrió de medio lado y apretó con los pulgares los huesos de sus caderas.

Una corriente eléctrica la sacudió y sintió calor entre las piernas. La sensación de deseo era tan fuerte que Rebel se quedó sin aliento. Draco la miraba fijamente mientras seguía jugando con los dedos en su ropa.

Y cuando pensó que ya no lo podía soportar más, él clavó la vista en su boca.

Lo vio inclinar la cabeza para tocarla con los labios unos segundos después.

Todos los átomos de su cuerpo se concentraron en aquel punto de contacto, en aquella presión, que fue suave al principio y que después se transformó en una exploración más profunda e intensa, que le cortaba la respiración.

No era la primera vez que la besaban, pero Draco lo hizo con tal maestría que, a pesar de que solo duró un par de segundos, Rebel sintió que todos sus sentidos se derretían. Sintió que la devoraba antes de sucumbir a la sensación.

Él pasó la mano de la cadera al hueco de su espalda y casi al mismo tiempo Rebel lo abrazó por el cuello como si sus brazos tuviesen voluntad propia. No pudo resistir la tentación de enterrar los dedos en su pelo sedoso.

Draco le metió la lengua en la boca y ella se quedó sin fuerza en las rodillas. El deseo la invadió, notó que se le endurecían los pechos contra el sujetador y se frotó contra su pecho para intentar aliviar aquel anhelo.

Él gimió y Rebel estaba tan inmersa en la sensación que casi no se dio cuenta de que la tomaba en brazos para tumbarla en el sofá.

Cuando Draco agarró su pierna y se la colocó sobre la cadera, ella cambió de posición para acomodarlo. La inconfundible fuerza de su erección la excitó todavía más y la sensación eléctrica fue tan fuerte para ambos que se quedaron inmóviles. Ella abrió los ojos y se encontró con los de Draco, que la miraba con deseo.

Un deseo que no tenía cabida en el acuerdo al que habían llegado.

Rebel dio un grito y apartó los labios de los de él. Desenganchó las manos de su pelo para apoyarlas en sus hombros y lo empujó.

–Apártate de mí. Ahora mismo –le dijo con voz temblorosa.

Draco apartó su imponente cuerpo del de ella y volvió a recuperar el control como si el deseo que Rebel había visto en sus ojos hubiese sido solo fruto de su imaginación.

–Tranquilízate, Arabella.

Ella se puso de pie de un salto y se fue a la otra punta de la habitación.

–Tenemos que sentirnos cómodos el uno con el otro. Ahora ya sé cómo sabes y no te vas a sobresaltar cada vez que te toque en público.

–Como me toques como lo acabas de hacer...

Él arqueó una ceja.

–Ha sido recíproco, *glikia mou*. Seguro que si busco encuentro en mi cuerpo la marca de tus uñas.

Rebel sintió calor en el rostro y se cruzó de brazos para intentar detener el traicionero temblor de su cuerpo. Lo fulminó con la mirada.

–¿Hemos terminado? Me gustaría dormir. Mañana tengo que levantarme temprano.

Él pasó por su lado y se detuvo al llegar a la puerta.

–Hemos terminado por ahora, pero volveremos a hacerlo mañana por la noche. En público.

–¿Estás seguro de que haces esto solo para salvar a Carla? Yo tengo la sensación de que no necesita tu ayuda.

Seguía sospechando que había algo más que Draco no le había contado.

El rostro de Draco se transformó en una máscara de acero.

–He aprendido a mirar más allá de la superficie, Arabella. Si tú también te molestas en hacerlo, te darás cuenta de que las cosas no siempre son lo que parecen. Buenas noches.

Ella se quedó inmóvil donde estaba mientras Draco salía de su piso. Aunque no pudo olvidar sus palabras, fue la emoción de su voz y el gesto de dolor de su rostro lo que la impresionó.

Capítulo 8

ESTÁS saliendo con Draco Angelis? –le preguntó muy asombrada Contessa desde la puerta.

El pelo rojizo tenía que haber chocado con aquel vestido azul eléctrico que se había puesto, pero lo cierto era que en ella funcionaba bien. Probablemente porque su seguridad y firmeza hacían que nadie se atreviese a criticar su vestuario.

Rebel tampoco lo habría hecho. Se quedó en silencio mientras la otra mujer iba hasta la cocina y dejaba en la encimera la botella de champán que tenía en la mano.

–En tu correo electrónico no me has explicado con detalle por qué no ibas a ir a Chamonix, pero supongo que esto tiene algo que ver, ¿no? Dime que no es verdad...

Dio un grito ahogado al ver el anillo que llevaba Rebel. Se acercó corriendo y tomó su mano.

–¿Un anillo de compromiso? ¿Te has comprometido? ¿Con Draco?

Rebel se mordió el labio y asintió.

–¿Cuándo? ¿Y por qué? Maldita sea, cuéntame qué está pasando, Rebel. Ni siquiera sabía que conocías a ese tipo, ¡mucho menos que estuvieses saliendo con él!

–Ha ocurrido, sin más.

–Un anillo así no ocurre, sin más. Llevas varias semanas muy esquiva. ¿Por qué no me cuentas qué está pasando?

Rebel no conocía a Draco lo suficientemente bien como para saber cómo reaccionaría si se enteraba que le había hablado a alguien de su acuerdo. Y había demasiado en juego como para arriesgarse a dar un paso en falso.

–Porque no puedo. Lo siento.

Contessa frunció el ceño.

–Tiene algo que ver con tu padre, ¿verdad? ¿Y con el dinero que te dio?

Chasqueó los dedos.

–Querías que te lo devolviese, pero no me dijiste por qué. ¿Tiene Draco algo que ver con eso?

Rebel sintió vergüenza, se puso nerviosa.

–Por favor, no puedo hablar de ello. Y siento tener que echarte así, pero Draco llegará en cualquier momento.

En ese mismo instante sonó el telefonillo.

–¿Qué ocurre? ¿No quiere que tengas amigos? –inquirió Contessa–. ¿O es que ahora te avergüenzas de mí?

–No seas absurda. ¿Cómo voy a avergonzarme de ti? Es que... vamos a salir, eso es todo.

Contessa estudió el vestido verde con pedrería y los zapatos de plataforma que Rebel llevaba puestos.

–Eso ya lo veo –comentó antes de suspirar–. Ten cuidado, Rebel. Para mí eres mucho más que una clienta. No quiero que te hagan daño. Un hombre como Draco puede darte mucho, pero sacará de ti más de lo que tú quieras darle.

Rebel frunció el ceño.

–Sé muy bien lo que quiere de mí y no pretendo darle nada más.

–El mundo de los agentes deportivos es muy pequeño. Es un hombre discreto, eso es cierto, pero conozco a varias mujeres con las que ha salido y todas han terminado emocional y profesionalmente rotas.

–En ese caso, me alegro de que seas tú la que lleves mi carrera –respondió Rebel, obligándose a sonreír.

–¿Y qué hay de tu corazón?

–Eso está controlado. Sé que estás preocupada, pero confía en mí, sé lo que hago –le aseguró.

El telefonillo volvió a sonar.

Rebel sonrió a Contessa. Sabía que no podía engañar a su amiga y manager, pero la dejó marchar. Después fue al dormitorio a por el bolso negro y salió también.

Cuando llegó abajo Contessa todavía estaba allí y se había encontrado con Draco, que iba muy elegante.

–Buenas noches, Arabella.

A ella se le encogió el estómago al oírlo decir su nombre de manera tan sensual. Intentó ignorar la sensación y bajó las escaleras hasta llegar a la altura de Contessa.

–¿Vas a presentarme a tu amiga, *glikia mou*? –le preguntó él en voz baja, profunda.

El apelativo cariñoso hizo que Rebel recordase que Draco era de origen griego, que no sabía casi nada de él, salvo las circunstancias que rodeaban a la situación en la que se encontraban y que, además, tenía la sensación de que le ocultaba algo.

–Es mi manager, Contessa Stanley. Contessa, te presento a Draco Angelis.

Draco le ofreció la mano.

–Encantado de conocerte.

–Igualmente –respondió Contessa.

Draco sonrió e incluso Contessa se mostró sorprendida con la transformación.

–Al parecer, tengo que daros la enhorabuena –añadió esta.

–Gracias. Soy un hombre muy afortunado –contestó él, mirando a Rebel con adoración.

Contessa siguió mirándolo fijamente, luego se aclaró la garganta y se volvió hacia Rebel.

–Te llamaré mañana. Que tengas buena noche.

Y sin volver a mirar a Draco fue hasta su coche.

Draco la vio alejarse con expresión divertida.

–¿No le caigo bien por algún motivo en particular?

Rebel cerró la puerta del edificio y se puso a su lado.

–Es manager deportiva y sospecha que tienes algo que ver con el hecho de que mis patrocinadores me hayan abandonado. También piensa que acabas utilizando y dejando, tanto emocional como profesionalmente, a todas las mujeres con las que sales.

Él se puso serio. La agarró de la muñeca y la fulminó con la mirada.

–No le habrás hablado de nuestro acuerdo, ¿verdad?

–Por supuesto que no –replicó ella zafándose–. Aunque es de mi confianza.

Él siguió mirándola unos segundos.

–Bien.

Luego fue hasta su coche y abrió la puerta del acompañante para que Rebel subiese antes de sentarse frente al volante. Estaba tenso.

Después de varios minutos de silencio, Rebel lo miró y le hizo la pregunta que le daba vueltas en la cabeza.

–¿Por qué le dijiste a Rex Glow que no me patrocinase?

–No lo hice –le respondió él–. Ya habían tomado la decisión de dejar de patrocinar a varios deportistas cuando empecé a trabajar con ellos. Tu nombre era uno más de la lista.

Rebel sabía por Contessa que aquello era cierto.

–¿Y no hiciste nada para impedirlo?

Él se encogió de hombros.

–No te conocía. Y tú tampoco te estabas esforzando

mucho en convencerlos de tu dedicación. Cambiaste de disciplina después de casi cinco años. Y desde entonces nunca has estado más allá del quinto puesto.

–Sé que piensas que cambié por capricho, pero no fue así. La decisión no fue fácil, sobre todo, teniendo en cuenta la intensidad de los entrenamientos.

Draco cambió de carril de repente y la mirada de Rebel se posó en sus fuertes muslos. Los recordó entre los de ella y tuvo que girar el rostro encendido hacia la ventanilla.

–¿Creciste esquiando? –le preguntó Draco varios minutos después.

Ella le respondió solo para quitarse de la cabeza las tórridas imágenes que la habían invadido. Y tal vez también porque quería que supiese que no era solo una mujer que buscaba el placer.

–Sí. Mi madre era saltadora. Nunca fue más allá de los campeonatos juveniles, pero le fue muy bien en torneos de aficionados. Ella me enseñó a saltar cuando tenía diez años. Me encantaba, pero se me daba mejor el esquí de fondo, por eso lo elegí como disciplina profesional.

–Eso tiene sentido. No tanto el cambio de disciplina.

–Dejó de gustarme el esquí de fondo.

–Supongo que el motivo es más emocional que profesional.

Ella deseó odiarlo por haber hecho aquel comentario con cierta ironía, pero no pudo porque era la verdad.

–¿Cuenta la muerte de mi madre? –le preguntó, dolida.

Él espiró, su gesto era de arrepentimiento.

–Cuenta. Por desgracia, la muerte y las tragedias llegan sin que nos demos cuenta –murmuró.

Luego pareció sumirse en sus pensamientos. Siguió conduciendo y no volvió a hablar hasta que casi habían llegado al restaurante.

–Pero no cambiaste de disciplina hasta varios años después de haber perdido a tu madre. Por aquel entonces habías ganado varias competiciones de esquí de fondo.

Aquel comentario contenía muchas preguntas, pero si Rebel las respondía estaría exponiendo su estado de angustia a un hombre despiadado.

Decidió dar una respuesta que no fuese demasiado reveladora.

–Estaba intentando demostrar algo.

–¿A quién?

–A mí misma. A mi padre.

Él apretó los labios con desaprobación.

–¿Te parece mal? Piense lo que piense la gente, un deportista profesional necesita más apoyo que el de sus agentes y entrenadores. Yo pensé que podía funcionar sin él y lo hice durante un tiempo, pero a largo plazo no me funcionó. Así que decidí hacer algo diferente. Es probable que para ti eso no signifique nada, pero yo me sentía más realizada saltando.

Draco aparcó el coche en una calle tranquila, entre otros deportivos y todoterrenos. El restaurante escogido para aquella noche también era exclusivo. Un discreto equipo de seguridad velaba porque se pudiese cenar sin la incómoda presencia de los medios, aunque siempre se filtraba algo de información.

La ayudó a salir del coche y cerró la puerta. Después, se quedó justo delante, acorralándola contra el coche.

Rebel lo miró esperando ver desaprobación en su mirada, pero lo cierto es que encontró comprensión. Draco parecía casi incómodo mientras la miraba.

–Entiendo la necesidad de sentirte realizada con lo que haces, pero debería ir de la mano intentar ser lo mejor posible. Tienes el potencial necesario para ser la número uno, pero llevas demasiado tiempo permitiendo que las emociones se interpongan en tu camino.

–No pienses que me conoces –replicó ella.

Draco bajó la vista a sus labios.

–Todo lo que me has contado hasta ahora confirma la opinión que tengo de ti.

Ella tragó saliva e intentó olvidarse del dolor de su corazón y del nudo que tenía en la garganta.

–Mientras que yo no sé nada del hombre del que se supone que estoy locamente enamorada. Tal vez debiéramos rectificar eso antes de que dé un paso en falso.

–Lo haremos durante la cena –respondió él, clavando la vista en su pecho, que subía y bajaba con fuerza.

Draco se apartó y terminó de recorrerla con la mirada antes de tomar su mano y darle un beso en el dedo en que llevaba el anillo.

–Estás increíble, por cierto.

Rebel contuvo la respiración, se le aceleró el corazón.

–Gracias. Tú tampoco estás nada mal –le dijo, mirándolo de arriba abajo también.

Su sonrisa no era tan encantadora como la que le había dedicado a Contessa, pero sí más genuina.

–Ahora que ambos hemos dejado claro que nos gusta cómo va vestido el otro, vamos a cenar.

Entrelazó los dedos con los de ella y la condujo al moderno restaurante italiano. Nadie los recibió a la entrada y a pesar de que su presencia no pasó desapercibida, las miradas fueron discretas.

Aunque Rebel se olvidó incluso de aquello cuando Draco empezó a contarle su historia. Le sorprendió enterarse de que había crecido en Grecia y que solo llevaba cinco años viviendo en Inglaterra, y todavía más que, al igual que ella, había perdido a su madre en la adolescencia. Y que había sido campeón de esquí de fondo.

–Me conozco a todos los esquiadores que han conseguido el título en los últimos cincuenta años.

Él arqueó una ceja.

–¿Me estás acusando de mentir?

Ella bajó la vista al vaso de agua y se encogió de hombros.

–Competía con el apellido de soltera de mi madre, Christou.

Rebel levantó la cabeza.

–El único Christou que recuerdo... ¡Drakos Christou! ¿Cinco veces campeón del mundo?

No se dio cuenta de que le había tomado la mano hasta que le acarició el pulgar con el suyo. Intentó apartarla, pero Draco la tenía agarrada con fuerza. Y como a Rebel le gustó, la dejó.

–Sí –admitió él, sonriendo de medio lado.

Rebel intentó no mostrarse impresionada.

–Vaya. Estás... diferente.

Había competido con el pelo más largo y barba, y había estado más delgado. No era de extrañar que no lo hubiese reconocido.

–¿Por qué cambiaste de apellido?

La atmósfera se tensó ante aquella pregunta.

–Mi padre no aprobaba mi elección de carrera. Él habría preferido que participase en el negocio inmobiliario familiar y lo sucediese. Me dejó claro que no volvería a ser su hijo hasta que no entrase en razón y dejase el esquí.

–Pero no lo hiciste.

–No hasta que no me vi obligado.

–Te entrenaste para la última competición, pero te lesionaste la rodilla antes de poder ganarla.

Él le agarró la mano con fuerza.

–Mi entrenador me había presionado demasiado porque había apostado por mí.

–No me digas. ¿Y qué fue de él?

–Tuvo que enfrentarse a la justicia, pero ya era demasiado tarde.

–Aquella lesión de rodilla terminó con tu carrera.

Draco bajó la vista a sus manos unidas, aflojó la suya y la apartó. Rebel echó de menos el contacto, cosa que la sorprendió, quitó también la mano de la mesa y la bajó a su regazo.

–Entre otras cosas, pero la lección más importante que aprendí es que siempre hay que ir más allá de la superficie. Yo sabía que había cosas que no estaban bien, pero hice caso omiso porque estaba decidido a ganar aquel campeonato.

Rebel sintió ganas de reconfortarlo, pero lo vio tan rígido que se contuvo. El resto de la cena transcurrió casi en silencio y ella se sintió aliviada cuando Draco pidió la cuenta.

Estaba volviendo a entrar en su coche cuando le sonó el teléfono. Lo sacó y vio que eran mensajes de felicitación, algunos enviados por personas a las que casi no conocía.

Tuvo que hacer clic en uno de los documentos adjuntos para ver el primer titular: *¡El superagente y la estrella del deporte se comprometen!*

Dio un grito ahogado.

–¿Sabías que había paparazzi?

Él se encogió de hombros y arrancó el coche.

–Por supuesto.

Por un instante, Rebel se quedó sin habla. Guardó el teléfono en el bolso con manos temblorosas y se dijo que era una tonta. Había bajado la guardia.

–Ya imagino –comentó en voz baja.

–Se puede decir que esta noche ha sido un éxito. Ponte el cinturón, Arabella.

Ella obedeció y después guardó silencio. De todos modos, no había nada más que decir.

Draco la dejó en la puerta de casa con instrucciones para que estuviese preparada el sábado cuando su conductor pasase a recogerla. Rebel se limitó a asentir a todo y después se apresuró a entrar en casa.

Subió las escaleras intentando contener las emociones que se habían alojado en su pecho. Se quedó de piedra al llegar al último escalón y ver la figura que la esperaba en la puerta.

El tiempo y la edad le habían pasado factura al hombre que lo esperaba en el pasillo, pero Rebel lo reconoció de todos modos.

–¿Papá?

Este se puso recto y abrió mucho unos ojos que su esposa siempre había insistido en que eran del mismo color que los suyos.

–Arabella.

Lo estudió con la mirada y se dio cuenta de que había perdido peso y pelo, y que iba sin afeitar.

–¿Qué... estás haciendo aquí?

Teniendo en cuenta que llevaba dos semanas llamándolo todos los días, la pregunta era absurda, pero la sorpresa de encontrárselo allí después de tanto tiempo no le permitía pensar con claridad.

–He venido por esto.

Levantó un periódico de aquella misma tarde y en él aparecía la fotografía de Draco besándole la mano.

–Llevo varias semanas llamándote y no me has contestado, ¿y ahora vienes por una fotografía?

–Tienes que terminar con lo que tengas con él, Arabella. Ahora mismo.

Ella se acercó más y le hizo un gesto a su padre para que le dejase abrir la puerta.

Entró en su piso y no volvió a respirar hasta que no oyó sus pisadas detrás.

Miró por encima del hombro y preguntó:

–¿Te apetece una taza de té?

–Arabella...

–Voy a poner agua a hervir. Ya que estás aquí, quédate a tomar un té.

Corrió a la cocina, se quitó los zapatos a patadas y puso el agua a hervir. Su padre la siguió. Miró a su alrededor y dejó el periódico en la encimera antes de sentarse en un taburete.

Rebel intentó controlar los nervios buscando dos tazas y preparando el té.

–Explícame esto –le pidió él, señalando el periódico.

–¿Podemos olvidarlo un instante, por favor? –le pidió–. ¿Dónde has estado? ¿Cómo estás?

–He estado fuera. Bien.

Siguió evitando su mirada y según iban pasando los segundos a Rebel se le fue rompiendo el corazón otra vez.

–Lo siento, papá –susurró–. No sé cuántas veces más puedo decírtelo.

Él espiró.

–No importa, Arabella. Nunca ha importado. Eres mi hija. Perdonarte nunca ha sido un problema, el problema es esto –continuó, señalando la fotografía–. Hablamos hace unos días, ¿y ahora haces esto?

Ella agarró la taza con fuerza.

–Lo dices como si hablásemos largo y tendido con frecuencia. Tal vez tú supieses dónde estaba yo y qué hacía, pero yo no sabía nada de ti. Hasta hace dos semanas habían pasado varios años sin saber de ti. Así que para mí no ha ocurrido todo de repente, papá, han pasado años. Años durante los que, al parecer, has estado siguiéndome. ¿Cómo si no ibas a saber que me estaba quedando sin patrocinadores?

—Tenía que hacerlo.

—¿Porque era tu deber? Eso era lo que decías en la carta, ¿no? ¿Era tu deber depositar un dinero robado en mi cuenta bancaria?

Él levantó la cabeza.

—¿Lo sabes?

—Por supuesto que lo sé. Según Draco no has ocultado muy bien las pistas.

Él apartó la taza de té y se puso en pie.

—¿Te está amenazando? ¿Por eso te has comprometido con él?

Fue hacia la puerta.

—Iré a verlo.

—¡No puedes! —exclamó Rebel, siguiéndolo.

—¿Por qué no?

—Porque... ya es demasiado tarde. He utilizado el dinero y Draco lo sabe. Si vas a verlo acabaremos los dos en la cárcel.

—Tú no sabías que el dinero era robado.

—Eso no importa, si Draco nos denuncia, yo me convertiré automáticamente en tu cómplice.

Su padre tragó saliva con dificultad.

Ella apoyó una mano en su hombro.

—¿Por qué robaste el dinero, papá? —le preguntó, sabiendo que en el fondo seguía siendo el mismo hombre honrado y trabajador con el que había crecido—. Tenías que saber que no saldrías impune, y que el escándalo también me salpicaría a mí cuando te descubriesen.

Él se alejó y volvió al taburete.

–Pensé que podría vender nuestra vieja casa y devolver el dinero antes de que se diese cuenta.

–¿Por qué? ¿Por qué es esto tan importante para ti? –le preguntó Rebel.

–Le prometí a tu madre que cuidaría de ti. Fue una de las últimas cosas que le dije antes de...

Se interrumpió.

Rebel contuvo un sollozo.

–Ya no está, papá, pero yo sigo aquí.

Su padre levantó la cabeza lentamente y la miró con tristeza:

–Tú me la quitaste. Y después empezaste a convertirte en una copia exacta de ella.

A Rebel se le encogió el corazón.

–Y me odias por eso, ¿verdad?

Su padre negó con la cabeza y su mirada se llenó de dolor.

–No te odio. Jamás podría odiarte, pero... no soporto mirarte. Ni podía hacerlo cuando tenías veinte años y te marchaste de casa, ni puedo hacerlo ahora.

Rebel dejó escapar el sollozo al sentir que moría una parte de ella.

–¿Qué vamos a hacer, papá?

–No lo sé. Siempre has sabido lo que pensaba de que esquiases. Siempre he sabido que no terminaría bien. Y no lo ha hecho, ¿verdad?

Ella quiso contradecirlo, pero no pudo.

Además, al ver a su padre, todavía tan dolido después de tanto tiempo, supo que no podía hacerle sufrir también por algo que se había visto obligado a hacer por ella.

Con el corazón en la garganta, negó con la cabeza.

–Ya te he dicho que es demasiado tarde.

Pasó un minuto antes de que él se pusiese en pie. Se detuvo a su lado, junto a la puerta de la cocina, pero no hizo ademán de tocarla ni de mirarla.

—Adiós, Arabella.

Ella se echó a llorar en cuanto la puerta se hubo cerrado tras de él. Y no se quedó dormida hasta casi el amanecer, de puro agotamiento.

Capítulo 9

ATERRIZARON en el aeropuerto de Pisa a media mañana y de allí salieron en helicóptero hacia la finca que Olivio Nardozzi tenía en el norte de la Toscana.

Draco bajó primero y ayudó a Rebel, agarrándola de la cintura para conducirla hacia el camino que llevaba hasta la casa, que databa de mediados del siglo XX.

Aunque sintió su contacto a través del vestido de tirantes verde menta y la chaqueta a juego, Rebel se sentía tan aturdida que permaneció a su lado mientras se acercaban a la gran terraza con vistas a la piscina olímpica.

Se había despertado cansada y molesta, incapaz de revivir la conversación que había mantenido con su padre sin sentirse desesperada y dolida al darse cuenta de que la reconciliación no iba a ser fácil. Sobre todo, si su padre no podía mirarla sin...

—No sé qué es lo que te ocurre, Arabella, pero te sugiero que lo controles ahora mismo —le susurró Draco—. No es el momento de entrar en trance.

Rebel se apartó del borde del abismo, agradecida de que hiciese sol y poder llevar gafas oscuras con las que ocultar las lágrimas.

—¿Ni siquiera si entro en trance por tu amor?

Él la miró mal y le quitó las gafas de sol para metérselas en el bolsillo.

—Los dos sabemos que no has pensado en mí desde

que te subiste en el avión en Londres esta mañana. Y no espero que lo hagas, pero sí espero que estés física y mentalmente presente en este trabajo –le advirtió.

–No te preocupes, Draco, que sigo completamente enamorada de ti y estoy deseando contarle a nuestros anfitriones lo afortunada que soy por haber conseguido robarte el corazón.

Rodearon otra terraza y se encontraron de frente con Carla Nardozzi, que iba vestida con un minúsculo vestido amarillo de tirantes. A su lado había un hombre mayor que Rebel supuso que sería su padre, Olivio. A juzgar por sus expresiones, parecían haber oído sus últimas palabras.

–Olivio, me alegro de verte de nuevo –dijo Draco, dándole la mano antes de girarse hacia su hija–. Carla, un placer, como siempre.

Su sonrisa era cálida y besó a la esbelta patinadora en ambas mejillas.

Los ojos verdes de Carla Nardozzi se posaron en Draco un segundo más de lo que a Rebel le parecía necesario antes de mirarla a ella.

Draco la agarró de la mano.

–Os presento a Arabella Daniels.

Olivio fue el primero en saludarla.

–Bienvenida a mi casa, señorita Daniels. Estoy deseando conocerla mejor –le dijo.

–Gracias. Y siento que hayan oído mis palabras.

–Tonterías. Una mujer debería expresar siempre su amor por un hombre. Si este es genuino, por supuesto –declaró Olivio, bajando la vista a su anillo de compromiso.

Rebel se obligó a sonreír todavía más.

–Me alegro de que lo piense. No todo el mundo aprueba las demostraciones públicas de cariño.

Carla se acercó a ella con la mano alargada. Llevaba

el pelo castaño recogido en un moño severo, lo que permitía ver las esbeltas curvas de su cuello y su barbilla.

–Encantada.

Rebel le dio la mano, y antes de que le diese tiempo a contestar la otra mujer añadió:

–Entonces es cierto lo que dicen los periódicos. ¿Os habéis comprometido?

–Sí, es cierto. Al final he sucumbido a los deseos de mi corazón –comentó Draco, clavando los ojos grises en Rebel en un gesto de total adoración.

Rebel sintió que iba a volver a besarle la mano del anillo y puso el brazo tenso. Se acercó más a él, apoyó una mano en su pecho y le dio un beso en la mejilla.

–Pero... ¿no os habéis conocido hace poco tiempo? –insistió Carla, mirándolos a ambos.

Rebel se echó a reír y sacudió la cabeza.

–En realidad no hemos hecho pública nuestra relación hasta ahora porque Draco es un monstruo en todo lo referente a su intimidad.

Carla sonrió de manera tensa.

–Sí, lo sé.

–Pero ahora ya es público –continuó Rebel–. De lo que me alegro, porque nada más conocer a Draco me di cuenta de que mi vida no volvería a ser la misma. Por suerte, el sentimiento es recíproco y ya no importa que se entere el mundo entero. De hecho, cuando hace unos días me regaló el anillo de compromiso lo quiso porque quería que todo el mundo supiese que le pertenezco. ¿Verdad, mi amor?

Clavó la vista en sus labios y después la subió a los ojos.

–Solo porque mi corazón insistía en que eras mía y no podía dejarte escapar.

Alguien se aclaró suavemente la garganta, rompiendo el silencio, y aun así Rebel no pudo apartar la mirada de Draco.

Él fue el primero en romper el contacto visual. Y Rebel respiró hondo antes de volver a enfrentarse a sus anfitriones.

–Siento nuestro escepticismo, no nos fiábamos de lo que decía la prensa –admitió Olivio–, pero ahora que nos habéis confirmado la noticia, hay que celebrarlo.

Chasqueó los dedos y llegó una camarera con un carrito. Sacó de la cubitera una botella de champán y la descorchó.

–Yo no quiero, gracias –dijo Carla cuando le ofrecieron una copa–. Tengo una sesión de entrenamiento dentro de una hora.

–Ah, sí –dijo Olivio sonriendo–. Mi hija es muy perfeccionista. No descansará hasta que no tenga la corona de oro en la cabeza. Y al día siguiente volverá a empezar a trabajar.

Carla palideció ligeramente y por un instante pareció nerviosa.

A su lado, Draco se puso tenso y apretó los labios un momento, pero después levantó a copa con el brindis de su anfitrión.

–Por vuestra futura unión. Que dure tantos años como estrellas hay en el cielo.

Carla se disculpó en cuanto terminaron los brindis y poco después Olivio pidió que se llevasen el carrito.

–Este es Stefano, vuestro camarero. Os enseñará las habitaciones y la finca cuando estéis preparados. Hoy llegan más invitados, pero la cena de esta noche será bastante informal. Será un bufé aquí mismo, en la terraza, para poder disfrutar de la noche toscana –comentó sonriendo, aunque fue una sonrisa forzada.

Los dos hombres se dieron la mano y Draco condujo a Rebel hacia la casa.

El interior era muy lujoso, con paredes y suelos de mármol. Y una gran presencia de Carla. Había muchos retratos y fotografías de ella desde la niñez hasta el momento actual. Era evidente que Olivio adoraba a su hija.

Rebel intentó controlar la envidia que aquello le causaba al recordar su último encuentro con su padre. Tampoco quería pensar en Draco y Carla.

Oyó que este despedía a Stefano al llegar a su habitación y que cerraba la puerta, pero Rebel no podía apartar la vista de la cama.

Era enorme y estaba situada en un pedestal. Y solo había una.

—Aunque la mires con horror no se va a convertir por arte de magia en dos camas pequeñas, *glikia mou* —le dijo Draco mientras se sacaba la camisa de los pantalones y se dirigía hacia lo que debía de ser un vestidor.

Ella observó con la boca seca cómo se desabrochaba la camisa y se la quitaba. La dejó en un banco central y después se quitó también los zapatos y tomó una blanca. Descalzo, volvió a la habitación y la miró con una ceja arqueada.

—¿Ahora me miras a mí horrorizada porque quieres que desaparezca?

Ella sabía que tenía la vista clavada en su impresionante pecho.

—No... no habíamos hablado de cómo íbamos a dormir —balbució.

—Porque era inevitable que tuviésemos que compartir habitación y cama.

—Pues tenías que habérmelo dicho para que estuviese preparada, teniendo en cuenta que no se me da nada bien fingir que estamos prometidos.

—Baja la voz —le advirtió Draco acercándose.

—¿No pensarás que Olivio está fuera, intentando oír nuestra conversación?

Él se detuvo delante de ella, todavía sin camisa.

—No lo sé. ¿Piensas que nuestra actuación ha sido convincente?

—Pienso que Olivio solo se cree lo que tiene entre las manos.

Draco frunció el ceño al oír aquello.

—¿Por qué dices eso?

—La mayoría de las personas guardan los trofeos en un armario, en una habitación especial. Él tiene los trofeos y las fotografías de Carla por todas partes, al alcance de cualquiera, como si necesitase que le recordasen constantemente el éxito de ambos. Apuesto a que ha estado detrás de todos sus contratos. Así que también supongo que tenías razón acerca de esto —dijo, tocándose el anillo—. Seguro que el diamante ayuda. ¿Te importa ponerte la camisa?

Él arqueó las dos cejas y después sonrió.

—¿Por qué, Arabella, no habías visto nunca a un hombre medio desnudo?

—Esa no es la cuestión. La cuestión es si quiero verlo o si se me impone.

—Veo que has recuperado el pico de oro. Y supongo que eso es mejor a tu actitud de esta mañana.

Draco vio cómo la mirada de Rebel se apagaba y, por primera vez en la vida, deseó haberse callado en vez de haberle dicho la verdad.

—¿Arabella? ¿Te pasa algo? —le preguntó al ver que seguía en silencio.

Ella dejó escapar una carcajada, pero no lo miró a los ojos.

—En estos momentos, nada que no pueda solucionar decidiendo cómo vamos a dormir.

Estaba mostrándose esquiva, pero Draco no podía hacer nada más que tragarse su frustración.

—¿Tanto te preocupa compartir la cama conmigo?

–le preguntó–. Es suficientemente grande para los dos. ¿O te da miedo atacarme en mitad de la noche?

Rebel se encogió de hombros.

–Ya se me acusa de un par de cosas, no quiero que puedan añadir una lesión corporal grave a mi lista de pecados –comentó en tono de broma, pero con cierta ironía.

Draco deseó obligarla a que lo mirase a los ojos, pero tal vez no lo hizo porque no quería sacar a la luz otros problemas. ¿Tenía miedo Arabella de tener contacto con él? ¿Lo ansiaba él? ¿Ansiaba sentirse tan cerca de ella como se había sentido cuando le había hablado a Rebel de su pasado?

Retrocedió bruscamente. Aquello era absurdo. Los dos estaban fingiendo. Tenían que estar cerca, pero no había que confundir aquello con nada más.

–Si eso te preocupa, quédate con la cama. Ahí hay un salón con un sofá bastante cómodo.

Se puso la camisa y volvió al vestidor a por unos zapatos.

–¿Quieres dar una vuelta por la finca?

Ella asintió aliviada.

–Espera un momento y me pondré unas zapatillas.

Cuando volvió con él unos minutos después se había recogido el pelo en una cola de caballo. Stefano les enseñó dónde estaban los *buggies* cuando Draco se negó a que los acompañase en el paseo.

Se subieron a uno de ellos y Draco tomó el camino que llevaba hacia la parte oeste de la casa, y después hacia un edificio que había en lo alto de una pequeña colina.

–Al parecer, conoces bien la finca –comentó Rebel en tono neutral, como si no le importase que Draco le respondiese o no.

Él la miró, pero Rebel tenía el rostro girado hacia el lado opuesto.

Draco apretó la mandíbula un instante.

—Sí, he venido varias veces. Y asesoré a Olivio cuando construyeron las instalaciones hace cinco años.

Ella frunció el ceño.

—Eso implica una amistad, pero no os tratáis como amigos.

—Probablemente porque, a lo largo de los años, no siempre hemos estado de acuerdo.

Rebel lo miró a los ojos un instante.

—Pero aun así todavía quiere que te cases con su hija.

Draco se encogió de hombros.

—Por motivos puramente dinásticos.

Ella apretó los labios y subieron la colina en silencio.

Detuvo el cochecito delante de unas puertas grandes y, antes de que Rebel se bajase, la detuvo y comentó:

—No me gusta cuando estás callada. Si tienes algo en mente, suéltalo.

Ella lo miró a los ojos.

—Pensé que no te gustaba mi pico de oro.

Draco clavó la vista en sus labios y sintió calor.

—Estoy dándome cuenta de que la prefiero a tu silencio.

Ella se quedó inmóvil. Se miraron fijamente varios segundos muy tensos, hasta que Rebel rompió el contacto visual y se bajó del *buggy*.

—Ten cuidado con lo que deseas, tal vez no vuelva a callarme jamás —le dijo por encima del hombro.

Draco la siguió hasta el enorme edifico en el que había varios gimnasios y centros relacionados con la salud deportiva, y la encontró en la sala de pesas, inspeccionando las máquinas de última generación.

Rebel levantó la vista al oírlo entrar.

—Este fin de semana tengo que organizar yo mis entrenamientos, así que no pienso utilizar el banco.

–¿Y por qué lo vas a cambiar?

–Por pesas libres.

Él negó con la cabeza.

–No puedes cambiar de ejercicios ahora.

–Va a ser solo durante el fin de semana, ya lo he hablado con mi entrenador.

–Aunque el cambio sea pequeño, podría hacerte mucho daño a largo plazo. Si quieres, yo te ayudaré en el banco.

El ofrecimiento la sorprendió.

–¿No tienes otros asuntos que atender?

–Y los atenderé, pero sin que descuidemos tus entrenamientos.

Ella se quedó boquiabierta.

Pasaron varios minutos en silencio.

–¿Te parece bien? –le preguntó Draco.

Rebel se encogió de hombros.

–Claro. Si tú quieres.

Al salir del gimnasio oyeron ruido en el salón que había debajo. Ambos se detuvieron y observaron a Carla, que iba vestida de blanco y estaba entrenando sobre la pista de hielo.

Al verla, Draco no pudo evitar que se le encogiese el corazón al preguntarse hasta dónde podría haber llegado Maria.

–Es impresionante.

Oyó la voz de Rebel como si estuviera muy lejos, él estaba perdido en sus tormentosos recuerdos.

–Sí –susurró, incapaz de apartar la vista de ella, deseando poder cambiar el pasado y sabiendo que no podía hacerlo.

Cuando volvió a la realidad Arabella se había alejado de él, estaba de espaldas a la pista y tenía los brazos cruzados, su gesto era de dolor.

Draco deseó preguntarle qué le pasaba, pero enton-

ces sintió que se le erizaba el vello de la nuca. Se había
oído una puerta y una figura había entrado a la pista y
se había acercado hasta donde estaba Carla.

Draco se puso tenso al reconocer a aquel hombre.

—¿Draco? —lo llamó Rebel.

—¿Sí?

—¿Estás bien?

—No.

—¿Qué te pasa?

—El hombre con el que Carla está hablando es Tyson
Blackwell.

Arabella miró hacia la pista.

—¿Sabías que iba a estar aquí?

—No. Olivio no me lo dijo.

—Pues me parece muy mal, pero ¿podemos salir ya
de aquí, por favor? —le preguntó ella con voz temblorosa.

Y sin esperar una respuesta salió por la puerta y bajó
corriendo las escaleras.

Cuando salió a la luz del sol Draco todavía estaba
furioso. No había esperado encontrarse a Blackwell
allí, dispuesto a hincarle el diente a otra víctima.

Deseaba ir a buscarlo y hacerlo pedazos, pero en su
lugar se obligó a subirse al *buggy* y arrancarlo.

A su lado, Arabella volvía a estar en silencio, con las
manos en el regazo y la mirada perdida.

Y Draco supo que no tenía elección, así que decidió
conducir y dejar que reinase el silencio.

Capítulo 10

VEN por aquí. Conozco un atajo para llegar a la suite –le dijo Draco con brusquedad.

Desde que había visto su cara mientras observaba a Carla patinar, Rebel se había puesto triste.

Hasta entonces, no se había dado cuenta de que había estado utilizando a Draco como bálsamo para calmar el dolor que le había causado el rechazo de su padre. No importaba que Draco fuese a menudo frío y despiadado, o desdeñoso. Ni siquiera importaba que pensase que ella era una delincuente.

Lo único que importaba era que estaba con él, y no en casa, reviviendo cada palabra que su padre le había dicho. Rebel estaba seguro de que ese el motivo por el que le molestaba tanto la historia entre Draco y Carla.

El rostro de este mientras la veía patinar había sido muy expresivo. Era evidente que Carla le importaba.

–¿Tanto te disgusta ver a Carla con ese hombre? –se obligó a preguntarle porque necesitaba saberlo.

–Sí –contestó él mientras subían unas escaleras.

A ella se le encogió el corazón y no pudo pensar con claridad. Lo siguió casi como un robot hasta llegar a su habitación.

Una vez allí, le preguntó:

–Carla significa mucho para ti, ¿verdad? Y no solo porque quieras apartarla de Tyson.

–Por supuesto. No habría llegado hasta aquí si no me importase.

Rebel se llevó las manos temblorosas a las sienes.

–Lo siento, esto confundida. ¿Te importa lo suficiente como para desear apartarla de Tyson, pero estás en contra del matrimonio?

–Estoy en contra de la manipulación. Punto –replicó él–. Olivio piensa que puede manejar mi vida privada a su antojo y eso no va a ocurrir. Ahora, si has terminado de hacerme preguntas, ya sabes lo que tienes que hacer. Hazlo bien y todo saldrá como previsto.

Draco se dirigió al bar y se sirvió una copa de whisky que bebió de un sorbo. Después dejó el vaso y se llevó ambas manos a la cabeza.

Juró en griego varias veces mientras iba de un lado a otro.

Rebel tenía el pecho encogido de emociones a las que se negaba a calificar.

–¿Te das cuenta de que si sigues con esta farsa sin hacer nada con el estado en el que te encuentras lo vas a estropear todo?

Él se detuvo.

–¿Por qué crees que estoy aquí, bebiendo, en vez de estar rompiéndole la cara a Blackwell?

Rebel se encogió de dolor. Tenía que marcharse y dejarlo solo. No estaba preparada para lidiar con los problemas emocionales de otras personas cuando se estaba escondiendo de los suyos propios. Por otra parte, nunca había visto a nadie tan implicado con otra persona... salvo la adoración que había habido entre sus padres. Siempre había echado de menos tener ese vínculo especial con alguien. Así que a pesar de que le dolía ver cómo Draco intentaba recuperar el control de sus emociones, se quedó donde estaba, junto a un sillón.

–¿Vas a hablarle de esto a Carla?

–Tendré que hacerlo. No puedo permitir que siga

adelante. Tal vez Olivio no me escuche, pero espero que ella lo haga.

Dejó caer las manos, que le temblaban, y se las miró, como fascinado por la reacción de su propio cuerpo. Entonces cerró los puños lentamente y exhaló. Aunque su cuerpo se calmó, al pasar por su lado la mirada de Draco estaba perdida.

—Necesito una ducha.

Instintivamente, Rebel lo agarró del brazo. Él se detuvo y posó la mirada en su mano antes de subirla a sus ojos.

—Arabella, en estos momentos no puedo pensar —espetó.

—Lo sé, y seré breve. Solo quería decirte que, si puedes evitarlo, no dejes que esto te afecte demasiado.

—Me afectará mientras ese cerdo siga cerca.

—Pero...

Draco la agarró del brazo con una mano y subió la otra hasta su boca. Le acarició los labios con el pulgar.

—Basta, *glikia mou*. No quiero pensar más en Blackwell. Así que basta, ¿de acuerdo? —le rogó.

Al verla asentir la soltó. Y entonces la besó. Ella gimió, sorprendida, pero se dejó llevar. Lo agarró de los brazos desnudos y disfrutó de poder tocar algo más que su nuca y su rostro. Apoyó su cuerpo ardiente de deseo contra el de él y se apretó contra su erección. Su cuerpo ya estaba húmedo, se estaba preparando para recibir a aquel hombre...

Un hombre que no la pertenecía.

Él le mordisqueó el labio inferior justo cuando Rebel se apartaba. Se separaron y ella se quedó con un sabor cobrizo en la boca. Draco miró su labio fijamente.

—Arabella *mou*... tu labio —dijo, alargando la mano.

Pero ella se apartó.

—No pasa nada, estoy bien.

—Cariño, déjame...

—No. No puedes hacerme esto, Draco.

Él la miró fijamente un instante, respirando con dificultad. Juró, echó la cabeza hacia atrás y cerró los ojos. Exhaló otra vez y volvió a mirarla.

—No. Supongo que no, pero la próxima vez dime sobre qué parte de tu cuerpo puedo llorar antes de que piense que todo él está a mi disposición.

—¿Qué tal si acordamos aquí y ahora que ninguna parte de mi cuerpo está a tu disposición?

Draco miró sus labios.

—Entonces, ¿solo tengo tus palabras, nada más?

—¿No era eso lo que querías?

Él sonrió de medio lado.

—Gracias por recordármelo.

Salió de la habitación dando largas zancadas, enfadado. Rebel esperó a oír la ducha para correr al vestidor. Se cambió las zapatillas por unos tacones para darle un toque elegante a su imagen. Se peinó, se puso perfume en las muñecas, tomó el bolso y salió a la terraza. Se sentó en una tumbona que había a la sombra e intentó hacer que su pulso se calmase mientras sacaba los auriculares y el teléfono para escuchar música. Luego, se abrazó las rodillas.

Le habría gustado poder escapar completamente de aquella habitación, pero no podía arriesgarse a encontrarse con Olivio o con alguno de sus invitados sin Draco y que le notasen lo nerviosa que estaba. Si Draco quería quedarse allí, tendría que hacer una muy buena actuación tanto aquella noche como al día siguiente.

Se quedó traspuesta con la música y despertó al notar que alguien la tapaba con una manta suave. Draco estaba sentado en la tumbona de al lado, su mirada estaba mucho más tranquila. Estaba serio y parecía casi un poco contrito.

–¿Cuánto tiempo he dormido? –le preguntó con la boca seca.

Él le tendió una bebida fría. Rebel la aceptó y bebió, agradecida.

–Tiempo suficiente para que ese ciclo de música loca suene tres veces.

Eso significaba más de dos horas.

–La música me relaja –contestó ella, mordiéndose el labio después porque no quería decir nada que pudiese volver a desestabilizar a Draco.

Pero él se quedó donde estaba, mirándola.

–Te debo una disculpa. Solo intentabas ayudarme y yo... me he aprovechado.

–Ya me habías advertido que no podías pensar, pero yo insistí en decirte lo que pensaba.

Él hizo una mueca.

–Pero fuiste muy breve, y gracias a tus palabras no me lie a puñetazos con la pared de la ducha.

–Sí. No sé cómo te habría ido después de pelearte con tanto mármol.

Draco sonrió y después volvió a ponerse serio.

–Mientras dormías he hablado con Olivio. No quiere hablar de Blackwell, pero al menos me ha dicho que este no se va a quedar en la finca. Supongo que Olivio no quiere arriesgarse a que nos encontremos.

–¿Y has podido hablar con Carla?

Él negó con la cabeza.

–Estaba descansando después del entrenamiento.

–¿Y entonces?

–Vamos a bajar a cenar. O podemos quedarnos aquí y pedir que nos suban la cena. Al fin y al cabo, estamos recién comprometidos.

A Rebel le gustó la idea de no tener que fingir delante de un montón de extraños. Dejó el vaso medio vacío, apoyó los codos en las rodillas y se masajeó las sienes.

Draco frunció el ceño.

–¿Estás bien?

–Estoy intentando aclararme un poco las ideas.

Él suspiró, puso gesto de tristeza.

–Tal vez te ayude que te dé una explicación.

–Por favor –murmuró Rebel.

Durante casi un minuto, Draco se limitó a apretar la mandíbula.

–Después de que me lesionase la rodilla y de que se terminase mi carrera, me aislé del mundo. Estaba enfadado conmigo mismo por no haberme dado cuenta de lo que tramaban Larson y su equipo. Declaré ante la policía y dejé todo en sus manos, pero no me di cuenta de que un miembro crucial del equipo de Larson se había quedado fuera de la investigación: su sobrino.

A Rebel le dio un vuelco el corazón.

–¿Tyson Blackwell?

Draco asintió muy serio.

–Se ocupaba del entrenamiento de mi hermana.

–¿Tu hermana?

–Sí –admitió él–. Maria era una estrella del patinaje y la mejor amiga de Carla. Ya no se ven mucho, pero mi hermana tiene idealizada a Carla. Lo único que la animaba después del accidente era ver los vídeos de Carla.

–¿Qué le ocurrió?

–Lo que ocurre siempre que Blackwell está al mando. Sobrepasó su límite. Estaba haciendo un giro cuádruple para la que no estaba preparada cuando se cayó y se dio un golpe en la cabeza. Se fracturó la tercera vértebra y perdió el movimiento de los brazos y las piernas.

–¡No! –exclamó Rebel horrorizada.

–Condenaron a Blackwell, pero como se había cubierto bien las espaldas, fue solo a dieciocho meses de inhabilitación por unas pruebas de doping a dos de sus atletas. Salió indemne de lo que le había hecho a María...

La expresión del rostro de Draco era la misma que había puesto por la tarde al ver cómo patinaba Carla.

Rebel se dio cuenta de que era posible que lo hubiese malinterpretado todo y aquello la tranquilizó, se sintió tan aliviada que no pudo evitar dejar escapar una carcajada.

—¿Qué? —inquirió Draco.

—Yo... nada —dijo ella, poniéndose serio y tocándole la barbilla sin pensarlo—. Sé que es difícil de creer, pero lo que le ocurrió a tu hermana no fue culpa tuya.

Él negó con la cabeza.

—Lo fue. Yo sabía que Larson tenía un sobrino y no presté atención al equipo que mi padre contrataba para mi hermana. Si hubiese estado más cerca de ella me habría dado cuenta de que las cosas no iban bien.

Angustiado, se puso en pie.

—Era su hermano mayor. ¡Tenía que haber cuidado de ella!

El peso de su propia culpa aplastó a Rebel.

—Los dos hemos tenido puntos negros en nuestra familia.

—¿Te refieres a tu padre?

Ella se encogió de hombros, tenía el corazón encogido.

—A mí. A mi madre. Todos hemos tenido parte de culpa. Aunque hay cosas más imperdonables que otras.

Draco espiró pesadamente y se acercó a la barandilla de la terraza, que agarró con fuerza. Toda su espalda estaba tensa.

—Te he investigado, espero que lo entiendas. Sé que tu madre falleció en un accidente de esquí. Tú no fuiste responsable de su muerte.

Rebel palideció, se quedó sin respiración. Echo la

cabeza hacia adelante para intentar que le llegase bien la sangre.

Dejó de oír y se concentró en intentar respirar.

—¡Arabella!

Un segundo después, Draco la tomó en brazos y la metió en la habitación. La tumbó en el sofá, que era el lugar más cómodo, y la tapó con una manta antes de agacharse a su lado.

—No tenía que haberte dejado tanto tiempo al sol

—Estoy bien.

—No. No has comido nada en el avión ni tampoco desde que hemos llegado aquí.

Se incorporó y fue hasta la puerta. Rebel lo oyó darle instrucciones a Stefano antes de volver con ella al salón.

A pesar de que la culpa se la estaba comiendo viva, no pudo apartar la vista de él, que se había sentado en la mesita del café que tenía al lado. Draco le apartó un mechón de pelo de la cara y se lo metió detrás de la oreja. Luego le acarició la mejilla con un dedo.

Fue un gesto tan dulce que Rebel quiso revivirlo una y otra vez.

—¿Te estás ablandando conmigo, Draco? —murmuró.

—Solo hasta que te recuperes —contestó él, también en voz baja—. Entonces volveré a la guerra.

Ella suspiró.

—La guerra es agotadora.

—¿Contra quién has estado luchando, *glikia mou*? Además de mí, quiero decir.

—Mi padre.

—¿Lo has visto?

Ella lo miró a los ojos.

—¿Me odiarás si te digo que sí?

Él se quedó inmóvil.

—Las familias siempre son complicadas, eso lo entiendo. Además, te di mi palabra de que si cumplías tu parte del trato, perdonaría la deuda.

Rebel se sintió aliviada.

–Está bien. En ese caso, te contaré que me estaba esperando en la puerta de casa el miércoles por la noche. Había visto la noticia de nuestro compromiso en los periódicos.

Draco arqueó una ceja.

–Deja que lo adivine... Fue a advertirte de que tuvieses cuidado conmigo.

Ella asintió.

–No es precisamente fan tuyo.

Él hizo una mueca.

–Últimamente no tengo muchos fans.

Rebel sintió que le pesaban los párpados, pero hizo un esfuerzo por mantener los ojos abiertos.

–Yo era fan tuya antes de que te convirtieses en Draco el Dragón.

–*Efkharisto*, Arabella.

–Me encanta cómo suena.

–¿El qué?

–El griego... y mi nombre.

Lo miró fijamente y se quedó sin habla con la belleza de su rostro. Entonces empezó a verlo borroso y cerró los ojos.

–¿Por qué estoy aturdida otra vez?

–Porque llevas un tiempo sin dormir bien.

–Umm. Estás muy pendiente de mi salud.

Draco hizo una mueca.

–Me estabas hablando de tu padre.

–Sí. Me dijo que iría a verte para que yo pudiese romper nuestro compromiso, pero yo me negué. Le dije que era demasiado tarde, que te había dado mi palabra. Además, no creo que los monos de la cárcel me sentasen bien.

–Estarías guapa con cualquier cosa, pero a nadie le gustaría verse vestido así.

–Estoy de acuerdo. El caso es que mi padre aceptó que no podía hacer nada al respecto...

Los ojos se le llenaron de lágrimas al recordar las palabras de su padre.

Draco juró.

–¿Qué te dijo?

–Yo le pregunté cuándo volvería a verlo, y él me contestó que... que... no puede mirarme sin ver a mi madre... y que eso le duele tanto que no quiere verme.

Draco se puso en pie.

–*Thee mou*. ¿Qué clase de hombre es? –rugió.

Rebel intentó levantarse. Draco la sujetó y él le agarró la mano.

–No lo entiendes, Draco. Quería a mi madre. La quería de verdad. Cuando falleció, se quedó destrozado.

Otra lágrima corrió por su rostro. Rebel se la limpió con la mano que tenía libre.

–Pero eso no es excusa para tratarte así.

A ella se le rompió el corazón al no poder contarle a Draco la última pieza del puzle de su vida, pero después de haber oído su historia, sabía que él nunca la perdonaría por haber causado la muerte de su madre.

–Me duele, por supuesto, pero no quiero que él sufra por mí. Si puede encontrar la paz estando lejos...

–¿Sacrificarías una relación de toda una vida solo para que él fuese feliz?

–Si la otra opción es que mi padre sea infeliz estando conmigo, sí.

–Eres... extraordinaria.

Rebel arqueó una ceja.

–Pareces sorprendido.

Su conversación se vio interrumpida por varios golpes en la puerta. Draco la miró varios segundos antes de decirle a Stefano que entrase.

El carrito estaba lleno de carnes que estaban preparando en la barbacoa, junto a la piscina, les informó Stefano. También había pan caliente con aceite de oliva y ajo, y una selección de ensaladas.

Draco despidió al camarero, llenó un plato de comida y le puso a Rebel la bandeja en el regazo. Después se sirvió también y se sentó a su lado. Cenaron en silencio, cómodos por primera vez con la compañía.

A Rebel se le encogió el estómago un instante al pensar en su secreto. No obstante, estaba segura de que, después de todo lo que le había contado a Draco, este ya no le buscaría si ella cumplía con su parte del trato.

Estaba acostumbrada a volar por los aires sin red. El salto de esquí era uno de los deportes más arriesgados y ella se había lanzado a hacerlo sin mirar atrás.

Draco tenía la vista clavada en ella.

Rebel se dijo que tal vez hubiese llegado el momento de correr un riesgo diferente, pero igual de emocionante.

Capítulo 11

EL RUIDO de la puerta al cerrarse despertó a Rebel a primeras horas de la mañana. Le había dado las buenas noches a Draco poco después de terminar de cenar y habían quedado en que al día siguiente se levantarían a las cinco para ir a entrenar.

Se giró en la cama, estiró las piernas y los brazos y sintió que era la noche que mejor había dormido desde que había recibido la carta de su padre, que le había hecho tener pesadillas acerca de la muerte de su madre. Ni siquiera había necesitado los auriculares para dormir.

Miró el reloj y se dio cuenta de que eran solo las cuatro y cuarto de la madrugada. ¿Querría Draco entrenar antes de ayudarla a ella? Rebel apartó las sábanas y salió de la habitación. Por si acaso estaba equivocada, miró en el salón. El sofá-cama estaba recogido y las sábanas dobladas.

Decidió unirse a él. Se puso ropa de deporte, tomó el teléfono y los auriculares y dejó la habitación. Supo que se perdería si intentaba utilizar el atajo, así que atravesó la casa, sintiéndose incómoda otra vez con tantas fotografías y trofeos de Carla Nardozzi.

Salió al aire fresco y agradeció que toda la finca estuviese tan bien iluminada. Después de estirarse bien, se puso los auriculares y fue en dirección al gimnasio.

La puerta estaba abierta cuando llegó allí. Entró y apagó la música.

El ruido procedente de la pista de patinaje la paralizó.

Cambió de dirección y entró justo en el momento en el que Carla y Tyson Blackwell terminaban de discutir. Él la tenía agarrada de los brazos mientras Carla gimoteaba.

–¿Quieres ganar otro trofeo! ¡Entonces haz lo que yo te diga!

–¡Un triple *axel* y una espiral de la muerte después me parece una locura!

–Maldita sea, tal vez esté perdiendo el tiempo contigo. Tus adversarios lo van a hacer. Si no estás a la altura, ya le puedes ir diciendo adiós a tu carrera.

Blackwell se apartó y Carla cayó al suelo.

Rebel salió a la luz.

–¡Eh, no le puedes hablar así!

Tyson se giró.

–¿Y tú quién eres?

–Alguien que ha visto que la estás presionando demasiado.

–Mis entrenamientos no son asunto tuyo, así que te sugiero que te marches de aquí.

–No me voy a ir a ninguna parte, salvo que el señor Nardozzi me eche, por supuesto.

Vio cómo Carla se levantaba y se ponía a patinar.

–Es la invitada de mi padre –le dijo esta a su entrenador–. Está aquí con Draco Angelis.

A pesar de la distancia, Rebel vio cómo al entrenador le brillaban los ojos. Dejó a Carla y se acercó a ella.

–Así que tú eres la amiguita de Angelis de la que tanto he oído hablar en la última semana –comentó, inclinando la cabeza–. Me suena tu cara. ¿Nos conocemos?

–Ya te gustaría.

–Estamos entrenando. Por favor, márchate.

Rebel miró a Carla, iba a dirigirse a ella cuando oyó pasos a su espalda.

–¡Arabella! –la llamó Draco en tono preocupado.

–Estoy aquí –respondió.

Draco entró en la habitación un segundo después.

–Se suponía que tenías que esperarme...

Se quedó de piedra al ver a Tyson Blackwell. Y a Carla detrás de él.

Cuando su mirada chocó con la de Rebel, estaba mucho más enfadado.

–¿Se puede saber qué está pasando aquí?

–Yo estoy entrenando. ¿Tanto tiempo llevas fuera del juego que ya no te acuerdas de las normas, Angelis? –le preguntó Tyson.

Draco hizo caso omiso de sus palabras y se acercó más a la pista.

–Carla. Ven.

–Eh, ¿qué demonios...? Quédate donde estás, nena –gritó Tyson.

Carla dudó un instante y se acercó a Draco. A tan poca distancia todavía se podían ver las marcas que Tyson le había dejado en la piel.

Draco se puso furioso.

–¿Te lo ha hecho él? –inquirió.

Carla asintió con cautela.

–Estás acabado –le advirtió Draco, señalándolo con el dedo–. Si sabes lo que tienes que hacer, búscate un agujero negro y desaparece en él. Si te acercas a otra patinadora te prometo que terminarás en la cárcel, como tu tío.

–Aquí no tienes ninguna autoridad, Angelis. Tengo todo el apoyo de Olivio. Si piensas que vas a cambiar eso, estás equivocado.

Miró a Carla y añadió:

–Luego retomaremos el entrenamiento.

Y se fue hasta la otra punta de la pista, se quitó los patines y salió de la instalación por otra puerta.

Draco le tendió la mano a Carla.

—Quítate los patines. Te llevaré de vuelta a casa.

Esta sonrió, cambió los patines por unas botas de tacón y entrelazó su brazo con el de Draco.

Rebel quería creer que no había nada entre ambos, pero aun así se le encogió el estómago de envidia al verlos desaparecer por la puerta.

—De acuerdo. Hasta luego —murmuró con tristeza.

No había esperado volver a oír la voz de Draco mientras subía las escaleras que llevaban a la sala de pesas.

—¿Adónde crees que vas?

Ella se detuvo en el segundo escalón.

—¿A entrenar?

—No sin mí.

La agarró y la llevó al *buggy*, donde tuvo que sentarse detrás de Carla, que no parecía nada contenta.

Draco acompañó a Carla a la puerta de la casa y después volvió al cochecito.

—Siéntate delante —le ordenó a Rebel.

Ella obedeció, pero solo porque quería estar más cerca de él. El trayecto, de cinco minutos, se le hizo eterno.

Al llegar a lo alto de la colina, Rebel se aclaró la garganta.

—¿Estás enfadado conmigo?

—Tenías que haberme esperado. Cuando he vuelto, no estabas.

—Me he despertado y no te he visto, así que he pensado que estarías aquí.

—Solo he ido a tomarme un café. Habíamos quedado en venir juntos a las cinco, pero te he encontrado aquí, en el punto de mira de un hombre del que no me fío.

–No te preocupes, no sabes los puñetazos que doy.

–¿Es una amenaza?

–Si no tienes pensado atacarme, no.

Él levantó ambas manos.

–No me gusta esto. No sé si se te ha olvidado que estamos haciendo un papel. Y Olivio nos está vigilando.

–Que estemos comprometidos no significa que estemos unidos por la cadera. Te preocupaba que sobreactuáramos, pero si no me pierdes de vista corres el riesgo de hacerlo. Frunce el ceño todo lo que quieras, pero es la verdad.

–No creo que el hecho de no querer separarme de ti vaya a lanzar ese mensaje. Sobre todo, a las cuatro de la madrugada, cuando tenías que estar en la cama conmigo.

Rebel suspiró.

–Me has encontrado, Draco. Estoy bien. Y da gracias de que estuviese allí, porque he impedido que Tyson manipulase a Carla todavía más.

Él se puso furioso.

–¿Y si te hubieras visto a solas con él?

–No ha sido así.

Él bajó del *buggy*.

–Si tantas ganas tenías de entrenar. Vamos.

Rebel lo siguió y durante la siguiente hora, Draco la entrenó sin ninguna piedad.

Cuando hubieron terminado, Draco la ayudó a beber agua y ella se relajó contra su pecho.

–¿Me quieres volver loco? –le preguntó él al oído.

–Umm... Me lo pones demasiado fácil.

Él dejó caer la botella e hizo girar a Rebel y la besó apasionadamente. La agarró por la cintura y ella lo abrazó por el cuello y permitió que la llevase a la sala de artes marciales. Draco la tumbó en una colchoneta sin ningún cuidado, pero a Rebel no le importó. Draco la estaba besando y ella no podía desearlo más. Cuando Draco apretó las caderas contra las suyas, no pudo evitar gemir:

–Ah.

–Eres muy sensible –susurró Draco contra sus labios.

–¿Es una queja?

–No, un cumplido.

–De acuerdo. Continúa.

Él chupó, mordió y pellizcó hasta que ambos no pudieron más y se separaron para poder respirar. Rebel enterró los dedos en su pelo y disfrutó de tenerlo encima.

–¿Arabella?

–¿Sargento?

Él sonrió.

–No podemos hacer esto aquí.

–¿En esta habitación, en esta finca o en este país?

–En esta habitación, no, eso es evidente. Preferiría otra cama y otra casa que no fuese la de Olivio Nardozzi. ¿Qué te parece si nos marchamos de aquí un día antes?

–¿Y Olivio?

Él sonrió.

–El hecho de que yo quiera estar contigo a solas servirá para convencerlo más.

–¿Y tú?

Draco la besó apasionadamente.

–Solo tengo que llamar al piloto y decirle que nos vamos a marchar justo después de la gala de esta noche.

–¿Y adónde me vas a llevar?

–Tengo casas en muchas ciudades del mundo, pero podemos ir adonde tú quieras.

–¿En todas esas casas hay un gimnasio para que pueda entrenar?

–Por supuesto.

–¿Y Greg?

Él levantó la cabeza, la miró fijamente a los ojos.

–¿Quién es Greg?

–Mi entrenador.

Él se relajó un poco.

–Que me envíe tu plan de entrenamiento. Yo me ocuparé de ti hasta que tengas que empezar a entrenar en la nieve. Podrá volver contigo cuando vayamos a Verbier.

A Rebel le dio un vuelco el corazón.

–¿Vas a venir a los campeonatos?

–Eres mi prometida, tengo que ir.

Aquello le recordó a Rebel que lo que estaba viviendo no era real, sino que tenía un objetivo.

Apartó de su mente la voz que le pedía que fuese sensata.

–No estoy segura de quererte de entrenador, si todas las sesiones van a ser así.

–No van a ser así. Van a ser peor –le contestó Draco.

–¿Peor?

–He visto de lo que eres capaz. Protestas mucho, pero puedo hacerte llegar mucho más lejos –le dijo–. Es como si no quisieras alcanzar tu máximo potencial.

Ella bajó la vista, pero Draco le agarró la barbilla y la obligó a mirarlo.

–¿Arabella?

–Me da miedo no tener nada más por lo que luchar después de eso. Mi padre no está, Draco. No sé si volveré a verlo. Cuando los campeonatos terminen, no tendré nada.

Él apretó la mandíbula.

–Para empezar, ¿por qué lo haces?

–Sobre todo, por mi madre. Quiero honrar su memoria.

–¿Y no quieres hacerlo ganando? ¿Por qué te conformas con una quinta posición si puedes ser la campeona?

–En realidad no me importaba tanto ganar, sino participar en el deporte que ella adoraba.

Draco sacudió la cabeza.

–No me lo creo. Ni tú tampoco. Esto tiene algo que ver con tu padre, ¿verdad? ¿Es eso?

Rebel tragó saliva, tenía un nudo en la garganta.

–Él no quería que yo fuese esquiadora profesional. Al igual que tu padre, quería que hiciese otra cosa. Mi madre y yo lo convencimos... con la promesa de que lo dejaría en cuanto ganase un campeonato.

Aquello lo enfadó.

–¿Así que no te esfuerzas al máximo a propósito por culpa de una promesa que hiciste...? ¿A qué edad?

–Tenía quince años.

–¡Eras una niña!

–Pero lo suficientemente mayor para saber lo que significa hacer una promesa.

Draco juró, se puso en pie y la fulminó con la mirada.

–¿Y eso es lo que vas a hacer el resto de tu vida, conseguir un poco menos de lo que puedes por un padre al que no le importa traicionarte?

Aquello dolió a Rebel.

–Draco...

–¿Qué habría querido que hicieras tu madre?

Ella cerró los ojos.

–Que compitiese. Y ganase.

Draco se agachó y la ayudó a levantarse.

–¿Y tú, qué quieres, Arabella?

Esta notó que se le llenaban los ojos de lágrimas.

–Lo quiero todo. Quiero mantener la promesa que le

hice a mi padre y honrar a mi madre. Y quiero ganar varios campeonatos.

Draco sacudió la cabeza.

–Eres lo suficientemente realista para saber que uno nunca consigue todo lo que quiere. Y aferrándote a un sueño estás poniendo en peligro todo lo demás.

La soltó y retrocedió.

Rebel no supo por qué, de repente, al ver que Draco se alejaba, había sentido pánico.

–¿Draco? –alargó la mano hacia él, que retrocedió más.

–Escoge, Arabella. O estás en esto al cien por cien o no.

Ella cerró la mano y sintió la misma vergüenza que sentía cuando sabía que no lo estaba dando todo en una competición.

–¿Por qué? ¿Qué más te da a ti?

–No te pido que lo hagas por mí, sino por ti misma. Imagínate dentro de treinta años. ¿Es este el legado que quieres dejar?

–No –replicó.

Se acordó de la sonrisa y de los gritos de su madre el día que había ganado su primer campeonato juvenil. Aquel había sido uno de los días más felices de la vida de Rebel. Susie Daniels siempre había estado orgullosa de su hija y le había hablado esperanzada del futuro de esta a cualquiera que la quisiese escuchar. Rebel quería revivir aquel momento, quería preservar para siempre aquel recuerdo de su madre. Tomó aire y miró a Draco.

–No, no quiero eso.

Se acercó a él y tomó su rostro con ambas manos. A él le brillaron los ojos y Rebel quiso que fuese de orgullo, pero entonces Draco le devolvió el beso y ya solo pudo pensar en el placer. No la soltó hasta que ambos necesitaron respirar.

En ese momento su mirada fue de deseo. Tomó su mano y la llevó hacia la puerta.

–Ven. A ver si termina ya el día y puedo empezar a ponerte en marcha.

–Ya veremos si puedes conmigo.

Él se echó a reír.

–La insubordinación solo empeorará las cosas.

–No sé por qué, pero ya sabía que intentarías salirte con la tuya con amenazas.

–No son amenazas, *glikia mou*, sino promesas.

Capítulo 12

REBEL todavía estaba conteniendo una sonrisa cuando volvieron a la suite. La mirada de Draco mientras ella se dirigía al baño para darse una ducha habría derretido una barra de acero.

Durante todo el día, mientras charlaban con otros invitados cuyos nombres ella olvidaba en cuanto Olivio había hecho las presentaciones, había sentido la mirada de deseo de Draco. No se habían separado prácticamente en todo el tiempo y cuando por fin volvieron a la habitación para prepararse para la gala, Rebel pensó que como Draco volviese a mirarla, echaría a arder.

Pero cuando salió del vestidor poco antes de las ocho, hizo más que mirarla.

—Estoy lista —anunció.

Draco, que estaba de espaldas, iba vestido de esmoquin y tenía una copa de whisky en la mano.

Se giró. Se quedó inmóvil. La miró de arriba abajo, analizando cada detalle de su vestido blanco, de estilo griego, ajustado a la cintura y sujeto a la garganta con un aro de metal dorado. También llevaba sus pulseras de oro favoritas, que hicieron ruido cuando se movió con nerviosismo bajo su intensa... y taciturna mirada.

—¿Draco...?

—*Thee mou*, estás impresionante.

—Pues la próxima vez empieza con eso, en vez de fruncir el ceño —le sugirió, riendo con nerviosismo.

Él dejó la copa cerca de donde estaba y se acercó a ella todavía con el ceño fruncido.

–He visto la lista de invitados. Más de la mitad son deportistas de élite con enormes egos y la impresión de que pueden tener todo lo que quieran, o a quien quieran –le dijo, agarrándola de la mano con fuerza–. Recuerda que eres mi prometida. Mataré al que se atreva a coquetear contigo.

Rebel había dejado de intentar luchar contra la sensación que le provocaban sus caricias y sus palabras. Estaba completamente inmersa en lo que estaba ocurriendo entre ellos, fuese lo que fuese. Así que no importaba que una parte de ella se hubiese preguntado una o dos veces cómo sería estar realmente comprometida a Draco. Era esa parte la que tenía que controlar.

Había decidido luchar por sus sueños y no podía tener nada con él. Tenía que conseguir terminar aquella farsa sin ninguna pérdida emocional. Podía soportar el lado físico, la potente química que los envolvía a ambos. Sabía que la química era algo que no duraba mucho tiempo.

–Bueno, espero que mantengas la carnicería a distancia. No quiero que se me estropee el vestido –le respondió.

Él espiró y murmuró algo acerca de sus labios. Después la llevó hacia la puerta.

El salón en el que se celebraba la gala estaba decorado como el resto de la casa: era todo un espectáculo de mármol y Carla Nardozzi. El evento, que se suponía que era para recoger dinero para actividades deportivas infantiles en el tercer mundo, corría el riesgo de verse eclipsado por el Show de Olivio y Carla Nardozzi.

Ella iba vestida de blanco y plata, con un traje que se pegaba a su piel desde la garganta hasta los pies, iba impecablemente maquillada y con el pelo recogido en su habitual moño. Estaba del brazo de su padre y avanzó para saludarlos. Se intercambiaron cumplidos, pero su mirada casi no se detuvo en Rebel y volvió rápidamente en Draco. El interés de la joven en él era evidente y la sensación de Rebel fue desagradable.

–Carla me ha contado lo que has hecho esta mañana –comentó Olivio, mirándolo–. Tuvo suerte de que estuvieras allí para mediar en lo que estoy seguro que fue un malentendido con Tyson, pero, no obstante, quiero darte las gracias.

La mirada de Draco se endureció.

–No era un malentendido. Y Arabella también estaba allí. De hecho, fue ella la que impidió que la situación empeorase.

Carla se echó a reír.

–De eso nada. Yo lo tenía todo bajo control.

Aquello sorprendió a Carla.

–Te estaba maltratando y quería que hicieses algo peligroso, para lo que no estabas preparada.

Carla apretó los labios.

–Usted solo estuvo allí unos minutos, señorita Daniels. Yo solo quería decir que no estaba preparada para hacer aquello tan temprano, cuando todavía no estaba caliente.

–Un movimiento peligroso siempre es peligroso, a cualquier hora del día –intervino Draco con gravedad.

Su expresión cambió enseguida, pero a Rebel se le encogió el corazón al pensar en lo culpable y dolido que se sentía por lo que le había ocurrido a su hermana.

–Entonces, te alegrará saber que he conseguido hacerlo esta tarde –le dijo Carla.

Olivio sonrió con satisfacción.

–Ahora que todo está aclarado, podemos continuar con la velada. Draco, Carla quiere presentarte a algunas personas. Prometo cuidar de tu prometida mientras tanto.

Para no ofender al anfitrión, Rebel tuvo que aceptar el brazo que le tenía.

La mirada de Draco lo dijo todo y Olivio se echó a reír.

–Estará al otro lado de la habitación, no en la otra punta del mundo.

Rebel sonrió para intentar quitar hierro a la situación.

–Antes de salir de la habitación me ha dicho que iba a matar a cualquier hombre que se acercase a mí esta noche. Tal vez yo debería hacer lo mismo y añadir que degollaré a cualquier mujer que lo mire de manera indebida. ¿Te parece bien, cariño?

Draco la miró a los ojos y después a los labios.

–Sí, me parece bien.

–Qué pasión –comentó Olivio.

–No tiene ni idea –añadió Rebel.

Carla agarró a Draco con las dos manos y miró de forma retadora a Rebel.

–Vamos. Es casi hora de sentarse a cenar y tal vez después no tengamos tiempo.

Rebel se alejó sonriente, intentando que no se notase que tenía un nudo en el estómago y que sentía una mezcla de enfado y celos. Tal vez a Draco no le gustase Carla, pero era evidente que ella sí que sentía algo por él.

–¿Y cuándo va a ser el gran día? –le preguntó Olivio mientras hacía el papel del anfitrión atento con sus invitados.

Rebel frunció el ceño y apartó la mirada de Draco, que seguía junto a Carla y estaba charlando con una estrella del baloncesto y su esposa.

–¿El gran día?

–El día de la boda. Supongo que es en lo que piensa cualquier mujer cuando le piden en matrimonio –añadió Olivio mirándola a los ojos, como intentando ver si mentía.

–Lleva tiempo planificar una boda y ahora tengo la mente puesta en los campeonatos.

–Ah, sí. Tengo entendido que compites en esquí de fondo. ¿O era en salto? –le preguntó Olivio sonriendo, pero su mirada era dura.

–¿Pretende insultarme? Porque no me gustan nada las insinuaciones.

Otro invitado se acercó a ellos y Olivio se puso en modo anfitrión encantador, charlando y sonriendo hasta que volvieron a quedarse a solas. Entonces se giró, poniéndose de espaldas al salón.

–Mi Carla necesita tener cerca a un hombre como Draco para poder seguir estando en lo alto.

–Tenía entendido que ya estaba en lo alto y que Draco se había ofrecido a representarla.

–Draco ofrece un contrato que podría romperse en cualquier momento. Lo que necesito de él es un compromiso más firme.

Rebel fingió sentirse sorprendida por sus palabras.

–¿A qué se refiere? ¿Pretende que deje al hombre al que amo para que esté con su hija? –preguntó, notando cómo su cuerpo se tensaba y que la reacción no tenía nada que ver con el papel que estaba haciendo.

–Estoy en disposición de hacer que merezca la pena.

Con el corazón acelerado, Rebel se llevó una mano a la garganta.

–¿Y qué precio tiene para usted arrancarse el corazón y tirarlo debajo de un autobús?

–¿Un millón de euros?

Rebel vio a Draco y a Carla, que en esos momentos estaban solos, por encima del hombro de Olivio. Ella le murmuraba algo al oído y él tenía la cabeza inclinada hacia adelante. Era evidente que hacían muy buena pareja.

Rebel apartó la mirada de ellos y volvió a clavarla en su anfitrión.

–Por desgracia, me parece que no lo ha pensado bien. ¿Quiere que me aleje de un hombre de éxito, dinámico, cuyo valor neto es muy superior al suyo, y del que además estoy enamorada, por un mero millón de euros? –le preguntó en tono sarcástico–. Y aunque estuviese lo suficientemente loca como para considerar su oferta, parece olvidar que no hay nada entre Carla y Draco.

Olivio hizo un ademán.

–Para que haya un romance solo hace falta recuperar las circunstancias adecuadas.

–¿Recuperar? –repitió ella casi sin aliento.

Él sonrió más.

–Veo que no te lo ha contado.

–Tal vez no le dé importancia –respondió ella, aunque su tono no era convincente.

–O quizás a su orgullo masculino le sigue doliendo que yo pusiese fin a la relación hace tres años porque mi Carla era demasiado joven para una relación tan intensa y no le hacía bien la distracción. No voy a disculparme por mirar por los intereses de mi hija, pero Draco debería darse cuenta de que su ego se está interponiendo en una unión que es perfecta.

Rebel siguió sin poder reaccionar, sin poder respirar con normalidad.

–No entiendo en qué me concierne todo eso a mí. Draco me ha pedido que me case con él y no voy a rechazarlo solo porque usted me cuente un cuento.

La suave iluminación que había acompañado al aperitivo parpadeó, indicando que había llegado la hora de sentarse a cenar. Rebel vio a Draco y Carla dirigiéndose hacia donde estaban ellos.

–No te conviene tenerme como enemigo, Arabella –le advirtió Olivio.

–No pienso que le importe, Olivio. Parece que le

gusta coleccionar enemigos –sugirió una voz masculina a sus espaldas.

Rebel se puso tensa al ver que Tyson Blackwell se detenía a su lado con una copa de champán en la mano. Al otro lado del salón, Draco puso gesto de enfado y siguió andando hacia allí.

–¿Qué quieres que te diga? Nunca he sido amiga de la mansedumbre y la humildad. Y me cuesta trabajo morderme la lengua cuando maltratan a alguien delante de mí.

–Pues deberías aprender a hacerlo –espetó Tyson.

–¿Qué tiene de divertido? –replicó ello.

–¿Va todo bien por aquí? –preguntó Draco, uniéndose a la conversación.

Después de lo que Olivio le había contado, Rebel no podía mirarlo, no sin traicionarse. Y en esos momentos más que nunca, sabiendo lo mucho que deseaba ganar el campeonato, gracias a Draco, no podía permitir que se descubriese su farsa.

Tyson sonrió de manera indulgente a Carla antes de encogerse de hombros.

–Al parecer, tu chica necesita que la convenzan de lo que ha visto esta mañana. Como ya le he explicado a Olivio, me apasiona la búsqueda de la excelencia, pero Carla sabe que no tiene nada que temer conmigo, ¿verdad, *bella*?

Al ver cómo se miraban, Rebel se preguntó si no se estarían acostando juntos, pero la mirada de Carla se volvió inmediatamente hacia Draco. Sabiendo toda su historia, no pudo evitar que se le encogiese el corazón.

–Tenemos que sentarnos a cenar –dijo Carla sin responder al alegato de Tyson.

El rostro del entrenador se endureció. Rebel miró a Draco y vio que este la miraba de forma inquisitiva. Incapaz de soportarlo, se giró y siguió al camarero que los conducía hacia su mesa.

Contuvo la respiración mientras Draco le retiraba la silla para que se sentase.

–¿Arabella?

–Está todo bien –comentó ella alegremente, obligándose a sonreír antes de tomar su vaso de agua.

Había esperado que Draco se sentase a su lado, pero lo vio ir hacia el otro lado de la mesa.

No tenía que haberle sorprendido que lo hubiesen colocado entre Carla y Olivio, lo más lejos posible de ella. Sonrió a la estrella del tenis que tenía al lado y a su esposa, que estaba embarazada y que tenía a la izquierda, y se presentó a la estrella del fútbol que tenía a la derecha. Al otro lado de este, Tyson Blackwell hizo una mueca mientras se sentaba.

Fueron sirviendo platos y transcurriendo discursos, y Rebel comió poco e intentó hablar con las personas que tenía cerca a pesar de que no podía dejar de pensar que la velada no estaba yendo como ella había imaginado. Y todo por la información que Olivio le había dado.

Información que Draco había obviado a propósito.

Sin saber por qué, levantó la vista del plato y miró hacia el otro lado de la mesa, donde se encontró con una mirada de acero, llena de preguntas.

Tyson Blackwell rio ruidosamente con una broma y Draco apretó la mandíbula. Rebel no dudaba de la motivación de Draco para evitar que aquel tipo siguiese entrenando. Era un hombre peligroso. Y solo por ese motivo ella tenía que continuar con aquello. Con respecto al motivo por el que Draco le había ocultado su anterior relación con Carla...

Se prometió que se lo preguntaría en cuanto estuviesen a solas.

Sus miradas volvieron a cruzarse y él le advirtió que tuviese cuidado.

No hacía falta que le recordasen que estaba haciendo un papel. Rebel dejó el vaso de agua, apoyó la barbilla en la mano y le lanzó una mirada lánguida antes de tirarle un beso.

Draco dejó de sonreír y agarró el cuchillo con tanta fuerza que los nudillos se le pusieron blancos.

Al lado de Rebel, la esposa del tenista se echó a reír.

—Eso sí que ha llamado su atención.

Rebel se obligó a reír también.

—¿Tú crees? Hoy en día, una tiene que utilizar todas las armas a su alcance.

La otra mujer se inclinó hacia ella.

—Desde luego, sobre todo teniendo cerca a otras que piensan que tienen más derechos que tú sobre tu hombre —le susurró con complicidad.

Rebel tragó saliva y asintió, y después se obligó a seguir conversando sin mirar hacia donde estaba Draco.

Alrededor de la medianoche, la gala terminó con un discurso de padre e hija.

Rebel se estaba despidiendo del tenista y su esposa cuando Draco llegó a su lado.

—Arabella, tenemos que...

—¿Draco? Me habías dicho que querías hablar conmigo después de la gala —dijo Carla, apareciendo a su lado—. Ya he hecho todo lo que tenía que hacer esta noche, soy toda tuya.

—Carla, ahora iré a buscarte...

Ella negó con la cabeza.

—Quiero acostarme temprano —respondió en tono zalamero—, así que, si no te importa, vamos a hablar ahora.

Su sonrisa era amplia, perfecta.

Draco respondió también sonriendo, pero Rebel se dio cuenta de que estaba tenso.

Le dedicó una sonrisa falsa y apoyó la mano en su pecho.

–No pasa nada, cariño, yo iré a darme una ducha y calentaré tu lado de la cama, que te encanta.

Carla la fulminó con la mirada y Rebel se apartó sin dejar de sonreír y con la cabeza bien alta.

Consiguió llegar a la suite encontrándose solo con Stefano, que le preguntó si necesitaba algo. Le dio las gracias y le dijo que no antes de cerrar la puerta a sus espaldas.

No sabía por qué se sentía tan desconcertada cuando tenía claro por qué estaba allí.

Deseaba a Draco, no podía negarlo, pero ¿por qué le dolía tanto que hubiese salido con Carla? Se quitó los zapatos y entró en el vestidor. Las maletas estaban hechas, en el centro.

Y ella se dio cuenta de que si se duchaba y quería cambiarse tendría que abrirlas, así que dejó los zapatos junto a ellas y fue al salón. Sintió ganas de servirse una copa para intentar tranquilizarse, pero sabía que estaba entrenando y no podía beber, ni siquiera por motivos emocionales.

Juró entre dientes y se dejó caer en el sofá, y se levantó al darse cuenta de que olía a Draco. Con el corazón en la garganta, atravesó el salón y se sentó en un sillón. Tomó el mando a distancia y encendió la televisión.

Estaba cambiando de canales e intentando no mirar el reloj que había encima de la chimenea, que le decía que Draco llevaba fuera una hora, cuando la puerta se abrió.

–Arabella.

Ella quitó el volumen a la televisión.

–Estoy aquí –respondió con el estómago encogido.

Él entró en la habitación.

–Vaya. Sabes que no puedes salvarla si ella no quiere que la salves, ¿verdad?

–¿A qué te refieres?

Se acercó a él, se dio cuenta de que olía a mujer y se le encogió también el corazón.

«Sigue andando».

Fue hasta el vestidor y tomó su maleta. No dejó de andar hasta que Draco se interpuso en su camino, delante de la puerta.

–¿Qué estás haciendo?

–Doy por hecho que la farsa ha terminado, porque apestas a su perfume, estás despeinado y tienes carmín en la cara. O vuestra conversación ha tenido mucho éxito o al principio se ha negado a que la salvases. A juzgar por tu expresión, imagino que lo segundo.

–Arabella...

–Por cierto, gracias por dejarme en ridículo esta noche. Me habías dicho que ibas a intentar que su padre se olvidase de emparejarte con ella. Lo que no habías comentado era que su hija estaba locamente enamorada de ti.

Él frunció el ceño todavía más.

–He gustado a Carla desde que era una adolescente. Nada más.

–Pues a mí ya me parece algo. Algo importante. Sobre todo, teniendo en cuenta que estuvisteis saliendo juntos.

El gesto de Draco fue momentáneamente de desconcierto, luego se encogió de hombros.

–Salimos un par de veces cuando vivía en Londres. ¿Y qué?

Rebel se echó a reír.

–Solo un hombre como tú haría esa pregunta tan ridícula.

–¿Qué quieres decir?

Ella suspiró.

–No importa, Draco –dijo, moviéndose hacia delante, esperando que Draco se apartase de su camino, pero no lo hizo–. Ah, sí. Supongo que quieres que te devuelva esto.

Soltó la maleta, se quitó el anillo y se lo tendió.

–¿Se puede saber qué estás haciendo? –rugió él.

–Venga ya, ¡no querrás prolongar esta farsa! Estás todo manchado de pintalabios. Quédate o márchate, haz lo que quieras, pero yo abandono la farsa.

Se acercó a él con la intención de meterle el anillo en el bolsillo. Draco la agarró de la muñeca y se la llevó al pecho con fuerza. Tenía el corazón acelerado.

–Vuelve a ponerte el anillo –le ordenó.

Rebel intentó zafarse, pero no pudo.

–¿Qué quieres de mí, Draco? –inquirió, sabiendo que estaba a punto de perder el control.

–A ti, Arabella. Te quiero a ti.

Capítulo 13

DESDE que te encontré haciendo aquella ridícula postura de yoga casi no he podido pensar en otra cosa que no fuese tenerte en mi cama. ¿Acaso no te lo he dejado claro esta mañana?

Ella intentó mantener la poca sensatez que le quedaba.

—Otra vez. Las marcas de carmín de tu cara cuentan una historia completamente diferente.

Draco juró y la soltó, pero cerró la puerta.

—Quédate. Si te marchas ahora, lo lamentarás.

—Ah... Cautivador.

Él fue hasta donde tenía la maleta y la abrió. Sacó unos pantalones y una camisa limpia y la cerró de un golpe.

Rebel vio con incredulidad cómo se quitaba el esmoquin y se quedó boquiabierta al verlo en calzoncillos negros, limpiándose la cara con la camisa que tenía en la mano, hecha una pelota. Decir que era impresionante era poco para describir a Draco Angelis, alto, con un cuerpo perfectamente proporcionado, la piel aceitunada.

—Draco...

Él tiró la camisa.

—Cállate y escúchame por una vez en la vida. No he besado a Carla. Me ha besado ella a mí.

Rebel puso los ojos en blanco.

—Y antes de que me lo preguntes, no, no lo he visto venir.

–¿Entonces te has pasado la última hora intentando quitártela de encima?

Draco la fulminó con la mirada.

–Me he pasado la última hora hablando con ella. Esto... –dijo con impaciencia, señalándose la cara–. Ha ocurrido cuando me estaba marchando.

–Si tú lo dices.

–Por supuesto que lo digo.

–¿Y?

Él se puso la ropa limpia y se pasó las manos por el pelo. No obstante, seguía estando despeinado y estaba muy sexy. Luego fue hasta donde estaba Rebel y tomó su maleta.

–Sabe lo que se arriesga a perder si sigue con Tyson Blackwell como entrenador. Ahora es ella la que tiene que decidir. Solo espero que no tarde demasiado en darse cuenta de lo que le conviene.

Rebel seguía con la mano en el pomo de la puerta.

–Lo has intentado. ¿No te parece suficiente?

–No, no es suficiente. Si María se enterase por las noticias de que a Carla le ha ocurrido una desgracia y yo no hecho nada para impedirlo, no me lo perdonaría.

Ella suspiró.

–Entonces... lo que pretendes conseguir con este compromiso es ayudar a Carla, no te quieres vengar de Olivio porque no te dejó que salieses con su hija hace tres años, ¿no?

Él frunció el ceño.

–Veo que Olivio te ha llenado la cabeza de tonterías. Abre la puerta, Arabella, nos vamos. No quiero estar en este lugar ni un minuto más. En cuanto lleguemos al avión me contarás qué más te ha dicho ese cretino. No pensé que fuese posible, pero desde la maldita gala te has puesto todavía más insoportable.

Ella abrió la puerta y salió de la habitación. Stefano,

que esperaba en el pasillo, se ocupó del equipaje. Unos minutos después estaban despegando.

Rebel no tenía ni idea de adónde se dirigían, ya que nada más embarcar Draco se había ido a darse una ducha. Volvió con el teléfono pegado a la oreja, hablando en griego. Cuando colgó llevaban una buena hora de viaje.

Draco se pasó las manos por el rostro y cuando la miró Rebel pensó que parecía un poco más tranquilo.

–¿Puedo preguntarte ya adónde vamos?

Él siguió mirándola y después bajó la vista al anillo, que sin saber cómo había vuelto a su dedo.

–Iba a llevarte a mi casa de las Maldivas, que es un lugar aislado y precioso, pero después de la escena que me has montado esta noche...

–¿De qué escena estamos hablando?

–Estamos hablando de que te has dejado llenar la cabeza de mentiras y después has intentado dejarme.

–Ah. De acuerdo.

–Sí. Así que no te mereces las Maldivas. Y no quiero pasarme medio día encerrado en un avión con una mujer que me vuelve loco y a la que, al mismo tiempo, quiero hacerle el amor más que nada en este mundo.

Rebel se alegró de estar sentada.

–Eso me parece comprensible. Entonces, ¿vas a decirme adónde vamos?

–No. Lo averiguarás cuando hayamos llegado. Dime qué más te dijo Olivio –le ordenó.

Ella se lo contó todo y Draco sacudió la cabeza y juró entre dientes.

–Lo siento, pero si intentamos verlo todo de un modo positivo, ahora piensa que no voy a echarme a un lado ni a dejarme comprar, así que tal vez se replantee sus planes.

–Lo dudo. Los hombres como Olivio raramente

cambian de idea, pero tengo que intentar algo. Maria jamás me lo perdonaría si no lo hiciera –añadió Draco muy serio.

–Supongo que serás consciente de que no controlas completamente la situación.

Él no respondió, y varios minutos después Rebel le preguntó:

–¿Y ahora, qué?

Él la estudió con la mirada.

–He pedido a mis detectives que averigüen todo lo que puedan acerca de Blackwell. Ven aquí.

Ella sintió calor, se puso en pie y rodeó la mesa.

Draco se tocó el regazo.

–Siéntate.

Rebel se levantó el vestido y pasó una pierna por encima de sus muslos. Él contuvo la respiración mientras se sentaba, después sacudió la cabeza y se echó a reír.

–Tenía que haber imaginado que no te sentarías de lado, con las piernas graciosamente cruzadas –bromeó.

A ella se le enrojeció el rostro de la vergüenza.

–Lo siento –dijo, intentando levantarse.

Draco apoyó las manos en sus caderas.

–Quédate así. Te deseo con locura, Arabella Daniels –admitió en un cariñoso susurro–. No ha cambiado nada desde esta mañana, así que dime que tú también me deseas.

–Te deseo –admitió, aunque no podía aceptar que no hubiese cambiado nada.

Los acontecimientos de aquella noche habían desatado en ella emociones de las que prefería no hablar en esos momentos. Tal vez no hablase de ellas jamás.

Draco la miró durante mucho tiempo y pasó la mano suavemente por el aro que sujetaba el vestido a su cuello, después por las cejas, la mejilla, los labios.

–Quiero besarte, *thee mou*, lo deseo tanto...

–¿Y por qué te contienes?

Él bajó la mano y apoyó la cabeza en el respaldo del sillón.

–Porque vamos a aterrizar en tres minutos.

Ella sintió decepción y curiosidad acerca de su destino al mismo tiempo. Miró por la ventanilla y lo vio todo negro.

–¿Me has traído al medio de la nada?

–Sí. Nadie podrá encontrarnos salvo que queramos que lo hagan, y tendrán que estar preparados para nadar ciento cincuenta kilómetros desde cualquier lugar.

–¿Estamos en medio del océano?

–En mi isla del mar Egeo.

–¿Cuánto tiempo vamos a quedarnos?

–Eso depende de ti. Pórtate bien y no te llevaré al norte, a un gulag.

Se levantó con ella en brazos y la llevó hasta el sofá. La dejó allí y le puso el cinturón, luego se sentó también.

En cuanto aterrizaron, Draco soltó los cinturones de ambos y se levantaron.

–¿Arabella?

–¿Sí, sargento instructor? –respondió.

–Vas a ser mía. En cuanto volvamos a estar solos, te haré mía. Habla ahora si no es lo que quieres porque después no voy a permitirte utilizar ese piquito de oro.

Ella se quedó casi sin habla.

–Sí. Te deseo.

Él asintió antes de ir hacia la puerta. Fuera los esperaba un todoterreno. Draco la ayudó a entrar antes de sentarse detrás del volante. Rebel vio alguna luz, vegetación y flores.

–Mañana te lo enseñaré todo después del entrenamiento –le dijo él sin apartar la vista de la carretera.

Poco después llegaban a una enorme casa construida en la ladera de una colina.

–Draco, es increíble –comentó Rebel.

–No son las Maldivas, pero es una de mis casas favoritas –admitió Draco antes de detener el coche delante de unas puertas de madera.

Marcó un código, la puerta se abrió y encontraron otro camino que daba a otra entrada. Hasta que Draco no paró el motor y ella hubo bajado del coche, no miró hacia arriba.

–Es una piscina. Se ve el fondo de la piscina –comentó sorprendida.

Él sonrió.

–Al final vas a tener piscina. Puedes nadar desnuda en ella si quieres, de hecho, insisto en que lo hagas.

Draco echó a andar y ella lo siguió, ruborizada. Él marcó varios códigos, un ascensor los condujo a un piso más alto. Y entonces llegaron al dormitorio y Draco la apretó contra su cuerpo sin molestarse en ocultar la prueba de su excitación. Le devoró los labios y murmuró en griego palabras que Rebel no entendía entre beso y beso. Sus gemidos se entremezclaron mientras el deseo crecía.

–*Thee mou*, sabes a paraíso. Y a pecado.

Ella pasó las manos por su espalda y sintió que se le doblaban las rodillas mientras él le mordisqueaba el escote. Desesperada por descubrir lo máximo posible de él antes de perder la cabeza, le levantó la camisa y pasó los dedos por su piel.

–Quieres volverme loco, ¿verdad? –inquirió Draco.

–Solo te estoy tocando –comentó ella, sorprendida–. ¿Quieres que pare?

Él se echó a reír.

–En absoluto.

Retrocedió y se quitó la camisa por la cabeza. A

Rebel le costó respirar, pasó la mano por su pecho y lo notó temblar. Bajó las manos por su vientre y más allá.

Y dio un grito ahogado al descubrir el tamaño de su erección.

—Arabella.

Ella oyó su nombre en la distancia, estaba completamente vencida por la pasión.

—Arabella —repitió él, agarrándole la mano.

—Draco... —gimió ella.

Él la hizo girar y la agarró con una mano por el abdomen. Con la otra le levantó lentamente el vestido.

—Juega conmigo todo lo que quieras después, pero ahora necesito hacerte mía... entrar en ti, ahora mismo, antes de que pierda la cabeza.

Ella se estremeció al oír aquello. Y se estremeció todavía más cuando Draco pasó la mano por el elástico de sus braguitas. No podía estar más desesperada.

Gimió cuando sus dedos la encontraron por fin y Draco apartó el encaje para acariciarla.

Jugó con los dedos varios minutos y después introdujo uno para probarla, para atormentarla.

—Estás tan húmeda, *glikia mou*. Y eres mía —rugió.

Draco le desabrochó el cinturón y el aro del cuello para que el vestido cayese a sus pies. Rebel se quedó en ropa interior y él le desabrochó el sujetador.

Rebel notó frío en los pechos y se le endurecieron los pezones. Quiso taparse y recuperar parte del control que había perdido hacía mucho tiempo.

Al mismo tiempo quiso que Draco la mirase, que se ahogase en ella como ella se ahogaba en él. Así que mantuvo las manos junto al cuerpo.

Él bajó la vista y alargó las manos para acariciarla y quitarle las braguitas. Y entonces la tumbó en la cama y Rebel empezó a verlo todo borroso. Casi no podía ni respirar cuando Draco terminó de desnudarse.

Y entonces Rebel se puso nerviosa y a pesar de que no veneraba su virginidad como hacían otras mujeres, no pudo evitar sentir cierta aprensión al ver al impresionante hombre que iba a ser su primer amante.

Este se tumbó a su lado y pasó la mano por su cuerpo, haciendo que Rebel arquease la espalda.

—No quiero que te pongas a hablar sin parar, pero admito que me desconcierta tu silencio.

Ella se mordió el labio con fuerza.

—Umm.

Él arqueó una ceja.

—¿Qué quieres decir?

Rebel respiró por fin.

—Draco... por favor.

—¿Me estás rogando, Arabella? —le preguntó, inclinando la cabeza para mordisquearle un pezón—. ¿Ahora qué?

Al ver que ella no respondía, levantó la cabeza.

Rebel resopló.

—Está bien... Estoy preocupada. Eres muy grande... Creo.

—¿Crees? Me parece que solo hay una manera de averiguarlo.

Draco le dedicó la misma atención al otro pecho y Rebel enterró los dedos en su pelo.

Luego, Draco la besó en los labios mientras empujaba con la erección entre sus piernas. Rebel lo abrazó por el cuello mientras entraba un poco, y salía.

La miró a los ojos antes de penetrarla por completo.

Un breve dolor la hizo gritar y Rebel clavó las uñas en su piel.

Él la miró primero con sorpresa, después, furioso.

Se movió, tal vez para apartarse, pero ella gimió, clavó los dedos todavía más en su piel y arqueó la espalda.

Mientras juraba entre dientes, Draco la agarró por la cintura.

–*Thee mou*. Arabella. ¿Por qué...? No me habías dicho que eras virgen. ¿Por qué?

–Porque no era importante. Hasta que lo fue, pero si todavía me deseas, Draco, por favor, hazme tuya.

–¿Si te deseo? –repitió él con incredulidad.

Le soltó la cintura y empezó a moverse en su interior hasta hacerla gemir.

Un placer desconocido hasta entonces explotó en su interior mientras Draco la llenaba, la llevaba al límite, una y otra vez.

–Arabella, mírame.

Ella lo miró a los ojos.

–Oh... ¡Draco!

–Ahora, Arabella, déjate llevar.

Rebel sintió que planeaba como no lo había hecho nunca, que se sentía más feliz que en toda su vida. El tiempo se detuvo, permitiéndole disfrutar de la sensación, pero al final recuperó todos los sentidos a pesar de estar como en una suave nebulosa que solo le permitía absorber el sonido del hombre que todavía estaba enterrado en ella.

Draco la vio abrir los ojos y la sensación fue indescriptible, necesitaba terminar ya, pero se contuvo, quería prolongar aquel momento un poco más. Por qué, no estaba seguro.

Estudió una vez más el rostro de Arabella. Era impresionante.

Y había sido virgen.

El sentimiento que había estado conteniendo lo asaltó con más fuerza e intensidad.

Rebel había sido virgen y había decidido que él fuese el primero.

La penetró un poco más y ella abrió mucho los ojos

y arqueó la espalda, ofreciéndole los pechos para que los devorase. Draco se dejó llevar por la sensación, la más dulce e impresionante de toda su vida.

Unos brazos suaves y femeninos lo abrazaron mientras él atravesaba por aquella tormenta que no quería que terminase jamás, pero inevitablemente lo hizo.

Draco enterró el rostro en su cuello, aspiró su aroma y los hizo rodar a ambos.

—¿Cuánto tiempo tengo antes de que venga el tren para llevarme al gulag?

El sonido de su voz lo emocionó, cuando a Draco nunca le habían interesado las conversaciones posteriores al sexo. Normalmente salía de la cama y se vestía inmediatamente.

Pero en esos momentos no quería apartarse de sus brazos.

—Tendrá que esperar, todavía no me he saciado de ti.

—Ah, un aplazamiento.

Él la colocó encima de su cuerpo.

—No, no es un aplazamiento. No me contaste que Olivio había intentado sobornarte hasta que no te lo pregunté y se te olvidó hablarme de tu virginidad. No vuelvas a ocultarme nada tan importante, ¿de acuerdo?

Ella bajó la mirada y tragó saliva, incómoda.

Pero un momento después abrió de nuevo los ojos y sonrió.

—Sí, sargento instructor.

Draco tuvo la sensación de que le estaba ocultando algo más, pero intentó no pensar en ello.

Bajar la guardia era una locura. Aquello era solo sexo.

Continuaría con su vida en cuanto consiguiese su objetivo.

Capítulo 14

REBEL pensó que solo había dormido unos minutos antes de despertar. Probablemente porque así había sido. No habían vuelto a hacer el amor desde la primera vez la noche anterior, pero ya había estado amaneciendo cuando se habían ido a dormir.

–Muévete, Arabella. No creo que quieras que el sol caliente más cuando empieces a correr.

Ella se puso una almohada sobre la cabeza. Draco estaba junto a la cama, con una bandeja en una mano y la ropa de deporte de Rebel en la otra. Iba vestido con unos pantalones cortos y una camiseta ajustada. Ella sintió calor al verlo, se le secó la boca e intentó apartar la mirada mientras se sentaba y aceptaba el desayuno.

Pero después lo miró de arriba abajo y lo vio sonreír.

–Por mucho que me devores con los ojos no te vas a librar del entrenamiento. De hecho, por cada minuto más que te quedes en la cama me tendrás que hacer un salto de altura extra.

A ella le encantaba el salto de altura, así que se planteó quedarse allí un rato más. El gesto de Draco le hizo darse cuenta de que no era lo adecuado.

–Desayuna –le dijo este, poniéndole el cuenco con cereales en el regazo–. Volveré dentro de diez minutos.

Volvió en cinco, justo cuando Rebel iba a salir de la cama. Se quedó inmóvil.

–¿Puedes... darte la vuelta, por favor?

–No. Ponte esto para entrenar. El resto del tiempo no vas a necesitar ropa. Vete acostumbrando.

Rebel se mordió el labio y frunció el ceño.

–Si hubiese sabido que tu isla era nudista, habría probado suerte en el gulag.

Él sonrió y dejó la ropa a su lado.

–Cuando termine contigo desearás no haber dicho eso. Arriba.

Rebel pensó que había hecho el amor con él y que, aun así, la idea de que la viese desnuda le daba vergüenza.

Apretó los labios, apartó las sábanas y se puso en pie. Iba a tomar los pantalones cuando Draco la agarró de la muñeca y la atrajo hacia él.

Se había puesto serio y la miraba con deseo.

–Antes tienes que darme los buenos días.

Ella quiso resistirse, pero ya lo estaba abrazando por el cuello y poniéndose de puntillas para darle un beso en los labios.

Draco la agarró del pelo y le sujetó la cabeza mientras el beso aumentaba de intensidad, y con la otra mano le masajeó el trasero.

Cuando por fin se separaron ambos respiraban con dificultad.

–Buenos días, sargento instructor.

–Buenos días, Arabella, *mou* –respondió él sin sonreír–. Ya te puedes vestir.

Temblando, Rebel se giró y se puso los pantalones, estaba terminando de subírselos cuando notó que Draco le tocaba justo encima del glúteo derecho.

Se quedó inmóvil. Se le había olvidado la cicatriz.

–¿Qué es esto?

Ella no lo miró.

–Un accidente –respondió, intentando hacerlo con naturalidad.

–¿Mientras entrenabas? –volvió a preguntar él.

La cicatriz no era grande, pero la herida había sido profunda, aunque no tanto como la que llevaba en el corazón, de la que no le podía hablar porque entonces la odiaría.

–No, es de hace mucho tiempo –respondió mientras se ponía la camiseta–. Ya estoy lista, podemos empezar.

Los ojos de Draco estaban llenos de preguntas y Rebel contuvo la respiración y esperó que lo dejase pasar. No quería que la magia que había descubierto la noche anterior con él se terminase tan pronto. Y se terminaría si Draco le obligaba a desvelarle su secreto.

Pero lo vio sonreír de medio lado.

–Esa invitación es muy difícil de rechazar.

La tomó de la mano y la condujo al ascensor, donde tocó el botón del tercer piso.

Ella miró los demás botones.

–¿Hay siete pisos?

Él asintió y la hizo retroceder hasta la pared.

–Adivina qué hay en el séptimo –murmuró, dándole un suave beso en la frente.

Y a Rebel abrazarlo por la cintura le pareció la cosa más natural del mundo.

–Umm... ¿La guarida de Draco el Dragón?

Él hizo una mueca.

–Casi. Estoy deseando enseñártelo.

El ascensor se detuvo y salieron a una terraza que rodeaba la casa y que era lo suficientemente ancha para albergar todo el piso que Rebel había tenido en Chelsea cuatro veces. Contuvo la respiración al ver las vistas. El mar Egeo parecía un tapiz cubierto de joyas que se movían y el cielo era de un azul perfecto. También era perfecta la playa de arena blanca que había debajo de la casa y los acantilados rojos que le servían de base.

–Es precioso.

Él sonrió y asintió mientras la guiaba por la terraza hacia unos escalones de piedra.

—Aquí es adonde vengo cuando quiero apartarme del mundo. La hice construir hace siete años.

—¿Antes de tu accidente?

Draco bajó las escaleras y ella lo siguió.

—Sí. Quería tener un lugar privado en el que poder entrenar y este era perfecto. Cuando me convertí en agente, me pareció un buen sitio para relajarme.

—¿Cómo de grande es la isla?

Draco llegó al final de las escaleras y se estiró. Esperó a que ella también lo hiciera y ajustó el cronómetro de su reloj.

—Cuatro kilómetros de ancho, que vas a correr dos veces en tres minutos menos de tu marca habitual. Vamos.

Pasó por debajo de un arco de buganvilla y desapareció de la vista de Rebel antes de que esta hubiese dado el primer paso, pero lo alcanzó y consiguió mantenerse a su lado. Cuando terminaron la segunda vuelta estaba sudando y tenía el rostro colorado. Estaba bebiendo agua cuando miró a Draco y estuvo a punto de atragantarse por el deseo con que la estudiaba este.

—Vamos dentro —fue lo único que le dijo él mientras le quitaba la botella de la mano y bebía también.

El séptimo piso era tal y como Rebel había sospechado. Una zona del tamaño de dos canchas de baloncesto llena de todo tipo de aparatos. Había incluso un ring de boxeo en un rincón.

Rebel giró sobre sí misma.

—Estaba equivocada. Esto es más bien como el séptimo círculo del infierno de Dante.

Él sonrió.

—El infierno está bien, te ayuda a apreciar más el cielo.

Durante las tres siguientes horas, Rebel se dio cuenta de lo mucho que disfrutaba Draco haciéndola pasar por el infierno.

No obstante, cuando este anunció que se había terminado el entrenamiento, ella hizo diez saltos verticales más.

–De acuerdo, ya me has dejado todo claro. No te pongas chula –le dijo él.

Rebel se echó a reír y se limpió el sudor de la frente.

–Sí, sargento instructor.

Luego apoyó la punta del pie contra la pared para estirar los gemelos. Iba a retroceder cuando lo notó detrás. Había sido consciente de su deseo durante todo el entrenamiento y no necesitaba mirarlo en esos momentos para saber que Draco no iba a controlarse más.

–Mantén las manos en la pared –le ordenó él.

Y entonces le quitó una zapatilla y un calcetín, y los otros. Después le bajó los pantalones cortos.

–Draco –murmuró ella sorprendida.

–¿Sí?

–Estoy sudada.

–Sí.

Draco le bajó la cremallera delantera de la camiseta, la dejó abierta y le acarició los pechos.

Rebel se estremeció mientras le acariciaba los pezones y todo su cuerpo reaccionó a aquellas atenciones. Entonces las caricias se desplazaron más abajo.

Rebel no estaba preparada para la sensación que iba a invadirla.

–¡Draco! –abrió los ojos y bajó la vista hacia la fuente del placer.

Se encontró con su mirada ardiente mientras él seguía acariciándola con la lengua.

No supo si llevaba segundos acariciándolas. U horas. El tiempo había dejado de existir, no le importaba.

Solo podía procesar el éxtasis que sentía en ese momento.

Entonces Draco se incorporó.

–Eres exquisita, Arabella *mou*. Exquisita –le susurró al oído–. Y toda mía. ¿Por qué me dejaste creer todo lo que los medios decían de ti?

Ella intentó encontrar las palabras adecuadas para responderle.

–Umm... parecías empeñado en querer creer que era una sirena salvaje y traviesa, pero ya te dije que no lo sabías todo de mí.

Él gimió mientras la acariciaba con la mano entre los muslos.

–Ya puedes ser la sirena salvaje y traviesa conmigo. Y no vuelvas a ocultarme nada importante, ¿entendido?

A ella le dio un vuelco el corazón.

–Draco...

Él la hizo olvidarse de la sensación de culpa con sus caricias.

Luego la tomó en brazos y la llevó hasta el banco de pesas, y Rebel dejó de pensar por completo.

Casi ni oyó cómo rasgaba Draco el envoltorio del preservativo, este tomó completamente el control de la situación, la agarró por la cintura y le hizo el amor con todavía más intensidad que la noche anterior.

Las tres semanas siguientes pasaron en una rígida rutina. Entrenaban dos veces al día, seis veces a la semana. Entre entrenamiento y entrenamiento, hacían el amor, montaban picnics por la isla o comían en la casa de Draco. El primer día de descanso, Draco la llevó a dar un paseo en yate alrededor de la isla.

No hablaron de temas demasiado personales, pero poco a poco Rebel fue sintiendo más miedo al mirar su anillo de compromiso. Quería que todo lo que estaba ocurriendo entre ambos fuese real.

Un día de la última semana que iban a pasar en la isla Rebel se despertó de la siesta y fue en busca de Draco, cuyo despacho estaba en el segundo piso. Era el único lugar de la casa, además del gimnasio, al que Rebel iba vestida, ya que no quería a arriesgarse a presentarse allí desnuda mientras Draco mantenía una videoconferencia.

Oyó su voz profunda y su sensual risa y dejó de andar. Su corazón se aceleró y se llenó de una poderosa emoción que amenazó con doblarle las rodillas.

Salió a la luz del día y lo vio echar la cabeza hacia atrás y reír de nuevo. La alegría de su rostro hizo que Rebel se quedase sin aliento.

Draco la vio y le hizo un gesto para que se acercase adonde estaba él. Rebel lo hizo y miró hacia la pantalla que tenía delante.

La mujer que había al otro lado se parecía mucho a Draco.

–¿Maria?

Esta sonrió.

–Hombre, por fin conozco a la falsa prometida de mi hermano.

Rebel miró a Draco, que se encogió de hombros.

–Entre Maria y yo no hay secretos. Ya no.

–Hemos aprendido la lección, por las malas –comentó su hermana–, aunque no me habló de ti hasta que no salisteis en los periódicos.

Draco agarró a Rebel por la cadera y miró a Maria.

–Estaba intentando protegerte.

Ella puso los ojos en blanco.

–Vivo en una torre de marfil, con seguridad veinticuatro horas al día, y médicos. Un escándalo o dos le darían algo de emoción a mi vida.

Rebel se echó a reír.

–Eso mismo le digo yo siempre.

–Y seguro que te contesta echando fuego por la boca, ¿verdad?

Draco frunció el ceño y las dos mujeres se echaron a reír.

–Muy graciosas.

–Hace que las cosas sean muy fáciles, ¿verdad? –dijo Rebel.

Maria suspiró.

–Casi demasiado fáciles.

–Ya basta –dijo él–. Hasta la semana que viene, Maria.

–De acuerdo. Y sé que estás haciendo todo lo que puedes con Carla, pero recuerda que el hecho de necesitar ayuda no implica aceptarla. En cualquier caso, te quiero.

Draco se puso tenso.

–Sé buena.

Maria puso los ojos en blanco y después miró a Rebel.

–Me alegro de conocer el motivo por el que mi hermano cada vez sonríe más. Espero conocerte en persona algún día.

María se desconectó y la pantalla se quedó en blanco. Draco apagó el monitor y entonces se hizo un extraño silencio.

Rebel se aclaró la garganta.

–¿Yo soy el motivo por el que sonríes más? ¿Significa eso que me vas a dejar dormir media hora más mañana por la mañana? –bromeó, intentando que no se le notase que tenía el corazón acelerado.

–De eso nada. Maria es una romántica empedernida. Si quieres media hora más de sueño, tendrás que ganártela.

–¿Y cómo me la puedo ganar? ¿Fregando los siete pisos de tu casa?

–Además del entrenamiento, el único trabajo manual que te exijo es conmigo –respondió Draco–. Quítate ese vestido.

Ella obedeció y se arrodilló ante él. Draco se quedó inmóvil y Rebel aprovechó el momento de desconcierto para bajarle la cremallera del pantalón. Draco la ayudó poniéndose en pie.

Lo acarició lentamente, primero con la mano y después con la boca. No tardó en aprender lo que le gustaba más y jugó con él hasta conseguir que gimiese de placer.

En un momento dado Draco enterró los dedos en su pelo, pero no fue para apartarla, sino para mantenerla allí hasta que sucumbió totalmente a sus atenciones.

Después, la sentó en su regazo y le dio un beso casi reverente en la frente.

–Por esto, *glikia mou*, te concedo una hora más en la cama mañana.

A la mañana siguiente, Draco observó cómo dormía Arabella y se sintió agradecido de no tener que mantener la guardia alta desde tan temprano. Los sentimientos se habían apoderado de su corazón mientras él estaba ocupado haciéndole el amor a Arabella. ¿O sería que esta había superado con creces todas sus expectativas cuando él le había puesto el reto de aumentar la intensidad de los entrenamientos? ¿O las veces que había disfrutado de sus atrevidas palabras, que tanto lo hacían reír?

El modo en que había ocurrido no importaba.

El comentario de Maria acerca de su evidente felicidad lo había sorprendido, aunque era una felicidad que, en realidad, estaba envuelta en tinieblas. Estaba seguro de que Arabella le ocultaba algo.

Draco se odiaba por no planteárselo directamente, por darse un día más con la excusa de que su equipo de investigación le conseguiría la información. De todos modos, lo que Arabella le había revelado hasta entonces tenía poca importancia.

Arabella no podía hacerle daño a Maria, y con eso le bastaba.

«Pero podría hacerte daño a ti». Se le encogió el pecho y apartó la idea de su mente. Solo podrían hacerle daño si permitía que aquello durase más de lo necesario.

Hasta entonces su equipo no había averiguado nada de Tyson que él pudiese utilizar para hacerlo entrar en razón. Intentaría proteger a Carla todo lo que pudiese, pero estaba empezando a darse cuenta de que había cosas que se le escapaban de las manos.

Arabella cambió de postura entre sus brazos, abrió los increíbles ojos azules y sonrió. Lo abrazó por el cuello y le dijo:

—Gracias por esta hora extra, ha sido divina.

—De nada. Ahora, a ver si esto también te parece divino.

Inclinó la cabeza, tomó lo que era suyo y acalló el clamor de sus instintos.

Capítulo 15

EL RITMO cambió completamente durante las tres semanas posteriores. A pesar de que Arabella estaba instalada en el chalet que Draco tenía en Vervier, casi no lo veía. Había pasado a entrenar con Greg y con un equipo que Draco había contratado.

Rebel no se había dado cuenta de lo mucho que echaba de menos la nieve hasta que no había estado en lo alto de la rampa el primer día. Allí se había sentido en paz, con la sonrisa de su madre en mente. Por un instante, lamentó los años que había perdido siendo menos de lo que podía llegar a ser. ¿Cómo había podido pensar que podía vivir así toda su vida?

–¿Preparada? –preguntó Greg a sus espaldas.

–Sí –respondió, ajustándose las gafas y sintiéndose feliz de estar allí.

Greg contó y tocó el claxon. Ella hizo una mueca al darse cuenta de que había salido un milisegundo más tarde de lo previsto.

Ya podía imaginar la conversación que mantendría con Draco aquella noche, pero apartó aquello de su mente y se concentró en lo que estaba haciendo.

Su madre la había querido más que a su vida y ella sabía que, si hubiese sobrevivido al accidente que le había quitado la vida, la habría perdonado por su parte de responsabilidad en él.

Había llegado el momento de perdonarse a sí misma.

Y de ser sincera con Draco, aunque fuese solo para ver si realmente podían tener un futuro juntos.

Aunque aparentemente todo seguía igual, Rebel había sentido un cambio en Draco desde el día que habían hablado con Maria por teleconferencia. Había dejado de reír tanto con ella, ya no se quedaba en la cama, a su lado, cuando ambos tenían tiempo. De hecho, habían empezado a compartir únicamente el tiempo durante el que hacían el amor.

Rebel no podía permitir que las cosas continuasen así. Draco la había ayudado a abrir los ojos y lo menos que podía hacer ella era contarle toda la verdad. Después, lo que él decidiese hacer era solo asunto suyo.

El corazón se le encogió cuando sus pies volvieron a tocar el suelo, flexionó las rodillas y ejecutó un aterrizaje perfecto.

–Ya sabes lo que te van a decir del despegue, ¿verdad? –le dijo Greg por el micrófono que llevaba en la oreja.

–No le tengo miedo al dragón –mintió ella.

Sonriendo, esquió hasta la salida, se quitó los esquíes y tomó la rampa mecánica que volvía a llevarla a lo alto para volver a saltar. Faltaban tres días para que empezasen los campeonatos y Draco cada vez podía hacer menos críticas de sus saltos.

Estaba segura de que le echaría en cara ese milisegundo que había perdido, pero después de cuatro días sin verlo, a Rebel no le importaba que se pasase media noche sermoneándola. Solo quería pasar la otra media entre sus brazos.

Estaba duchada y en la cama, esperándolo, cuando sonó el teléfono. Vio que era él y se le encogió el corazón.

–Salvo que me estés llamando desde el salón, considera perdidos unos cuantos puntos.

–Te llamo desde urgencias –respondió él con voz tensa.

–¿Estás bien?

–Yo, sí. Por desgracia, Carla no. Está en cuidados intensivos.

–¡No! ¿Qué ha ocurrido?

–Se ha caído y se ha dado un golpe en la cabeza. No tiene lesiones vertebrales, pero los médicos no quieren correr ningún riesgo. Una ambulancia aérea la ha traído de la Toscana a Roma esta mañana.

Rebel agarró el teléfono con más fuerza.

–¿Cómo se lo ha tomado Maria?

–Está siendo muy fuerte –admitió él, orgulloso–. La he traído aquí esta tarde.

–Me alegro de que esté con Carla.

–Sí. Arabella, no sé cuándo voy a poder volver a Verbier.

A ella se le hizo un nudo en el estómago.

–No pasa nada, pero cuando vuelvas tendremos que hablar.

Draco guardó silencio.

–¿Estás ahí?

–Sí. Hablaremos todo lo que quieras. Ahora tengo que dejarte.

–Umm... de acuerdo...

Draco colgó antes de que a Arabella le diese tiempo a decirle que lo echaba de menos. O, aún más, que lo quería.

Porque lo quería.

Dejó caer el teléfono en su regazo y al bajar la vista vio el anillo de compromiso. Sintió que se le rompía el corazón ante la posibilidad de tener que quitárselo muy pronto. Al fin y al cabo, aunque Draco no le diese importancia a lo ocurrido en el accidente de su madre, nada le garantizaba que quisiese estar con ella.

Desesperada por apartar todo aquello de su mente, encendió la televisión. En todas las cadenas salía la noticia del accidente de Carla Nardozzi y se culpaba firmemente a Tyson Blackwell que, de hecho, estaba detenido.

Rebel pensó que, aunque tarde, se había hecho justicia. Apagó la televisión y volvió a tumbarse en la cama, rezando porque Draco y ella pudiesen empezar de cero.

Carla entró en coma inducido el día de la ceremonia inaugural de los campeonatos de esquí de Verbier.

Draco la llamó y volvió a disculparse por no poder estar allí y ella le quitó importancia, aunque se sintió muy triste.

El primer día de competición quedó segunda y tenía que haberse sentido feliz, pero Rebel solo podía estar pendiente del teléfono. El martes y el miércoles le fue todavía mejor y el jueves ya estaba a la cabeza de la categoría femenina de salto. De repente, todos los periodistas deportivos hablaban de ella. Contessa, emocionada, le concertaba entrevistas y negociaba con nuevos patrocinadores que querían estar al lado de la nueva Rebel Daniels. Esta accedía y sonreía a todo, pero en realidad se sentía sumida en la más profunda tristeza.

Estaba preparando para la última sesión del viernes cuando Greg entró en la sala de ocio.

–Me acaban de decir que hay alguien esperándote en una sala VIP –comentó con el ceño fruncido–. No me han dicho quién es y no puedo traerlo aquí, así que voy a acompañarte.

A ella se le subió el corazón a la garganta. ¡Por fin había llegado Draco!

–No hace falta, tengo aquí a Greta.

–¿Estás segura? –le preguntó Greg, tendiéndole una nota.

–Por supuesto.

Rebel le pidió a Greta que la acompañase a la sala VIP número dieciséis y esta lo hizo. Entró en ella corriendo y se dirigió al hombre que la esperaba allí.

–Drac... ¡Papá!

–Hola, Arabella.

–¿Qué estás haciendo aquí?

Se alegraba de verlo, por supuesto, pero se sentía decepcionada de que no fuese Draco.

–No sabía si querrías volver a verme, después de cómo nos despedimos la última vez.

–El que dijo que no quería volver a verme fuiste tú, no sé si te acuerdas.

Su padre suspiró.

–Jamás tenía que haber dicho eso.

–¿Por qué no? Si lo piensas...

–No lo pienso, pero estaba dolido.

–No pasa nada, papá. Lo entiendo.

–¿Lo entiendes? –preguntó él sorprendido.

–Sí.

Rebel le había dicho que tenían que hablar y Draco llevaba días dándole vueltas a aquello. Buscó el número de la sala VIP que Greg le había dado, deseando encontrarlo y, al mismo tiempo, temiendo el momento en que volviese a verla. El miedo era el motivo por el que no había ido antes. También había influido que Olivio Nardozzi le rogase que se quedase en Roma, pero todo lo que había hecho allí podría haberlo hecho desde su chalet de Verbier, cerca de Arabella.

Aunque no había sabido si Arabella querría tenerlo a su lado.

La incertidumbre lo estaba matando. Necesitaba saber cuál era su posición, y si Rebel le había dicho que tenían que hablar porque quería dejarlo.

Vio la sala número dieciséis y se acercó a ella. Entonces oyó la voz de Arabella, que decía:

–Perdiste al amor de tu vida por mi culpa.

–Arabella, no...

–No. Si yo no os hubiese desobedecido a los dos, todavía estaría viva. Estaría aquí contigo y todavía seríamos una familia.

Draco se sintió horrorizado.

–Los dos sabemos que no fue un accidente, papá. Yo me rebelé contra vosotros. Tú me habías advertido que no saliese a esquiar con niebla y yo no te escuché. Hice lo que quise y eso la mató.

–No sabes cómo fue llegar y encontrar la nota de tu madre, en la que me decía que había ido detrás de ti. No poder despedirme de ella...

–Lo sé, papá. Por mi culpa. Ojalá no...

Draco no se dio cuenta de que se había movido hasta que estuvo dentro de la habitación. Dos pares de ojos azules lo miraron.

–¿Tuviste la culpa del accidente de tu madre? –inquirió.

Ella tragó saliva.

–Draco... yo...

–Quedamos en que íbamos a ser sinceros el uno con el otro, pero no me contaste que tu egoísmo e irresponsabilidad habían puesto en peligro la vida de tu madre.

–Draco...

–Ahora me doy cuenta de que, en realidad, nunca accediste a ser completamente sincera conmigo.

–Quería contártelo, Draco, por favor, créeme...

–Y yo he permitido que Maria te conozca, y que piense que eres la mujer más increíble del mundo. Y ahora resulta que no eres mejor que el hombre que la dejó en silla de ruedas.

Rebel dio un grito ahogado.

Nathan Daniels dio un paso al frente.

—Espera un poco, Angelis...

—Ahórrate lo que vayas a decir. No voy a perder el tiempo con vosotros. No quiero volver a veros en mi vida.

Rebel vio salir a Draco y todo su mundo se derrumbó. A lo lejos, oyó a su padre llamándola.

—Sé que no es buen momento —dijo este—, pero quería decirte que tu madre estaría orgullosa de ti. Ganes hoy o no, ambos estamos orgullosos de ti. Y he vendido la casa. Estoy seguro de que estás de acuerdo conmigo en que necesitamos crear nuevos recuerdos.

—Sí —respondió ella, aturdida.

—Estoy yendo a terapia y pretendo devolver el dinero, Arabella. Tarde lo que tarde, pretendo arreglar las cosas.

A ella se le llenaron los ojos de lágrimas.

—Papá...

—Señorita Daniels, tiene que venir —le pidió Greta desde la puerta.

Ella miró a su padre y este asintió.

—Tenemos mucho de qué hablar, pero ya lo haremos.

—¿Vas... vas a venir a verme?

—Sí.

Rebel siguió a Greta, recogió sus esquíes y fue a la zona donde tenía que esperar para saltar. Era la primera, lo que la ayudó a olvidarse de todo lo demás.

Saltó en el momento perfecto y lo hizo más alto que nunca, pero Rebel se dio cuenta de que no era suficiente. También quería amor.

«Nunca se puede tener todo».

Sus pies chocaron contra el suelo y dio una voltereta contra la barrera. La multitud gritó y varias personas estuvieron a punto de correr a ayudarla, pero se puso en pie sola.

Tal vez Draco pensase que uno nunca conseguía todo lo que quería, pero ella le había demostrado lo contrario.

Lo quería a él y nunca se lo había dicho. No iba a aceptar lo ocurrido en la sala VIP hasta que no hablasen cara a cara de nuevo.

Se estaba quitando los esquíes cuando Greg y Contessa aparecieron corriendo, emocionados.

–¿Has visto? ¡Has saltado dos metros más que la plusmarquista mundial!

–Dios mío, Rebel, ¿qué ha pasado ahí arriba?

«Que se me ha roto el corazón en mil pedazos».

Sonrió y se encogió de hombros. Esperó a que saltasen los demás participantes y oyó cómo la nombraban ganadora. Y los ojos se le llenaron de lágrimas al pensar en su madre.

Media hora después estaba subida al podio, saludando al público, todavía más decidida a buscar a Draco y hablar con él.

De camino a su chalet en Verbier, del que en cualquier caso tenía que recoger sus cosas, le mandó un mensaje de texto: *Cuando te dije que teníamos que hablar quería decir que yo iba a hablar y tú me escucharías. Así que me lo debes. ¿Dónde estás?*

Envió el mensaje con el corazón en la garganta y esperó.

La respuesta llegó un segundo después: *Detrás de ti.*

Rebel se giró y resbaló en el hielo al ver que la seguía una limusina negra. La ventanilla trasera se bajó y aparecieron los ojos grises de Draco. El coche se detuvo y Draco le abrió la puerta.

Ella se quedó en la acera.

–¿Me seguías con la esperanza de que te mandase un mensaje?

–No, Arabella. Ya no esperaba nada de ti.

A ella se le encogió el corazón, pero decidió seguir adelante con aquello.

–Tengo que recoger mis cosas de tu casa.

Él asintió.

–Te llevaré y hablaremos por el camino.

Rebel entró en el coche y se sentó lo más lejos de él. Tardó unos minutos en saber qué decirle.

–Te has perdido mi danza de la victoria en el podio.

–No.

–¿Estabas ahí?

–No he podido marcharme.

–¿Tenías demasiados clientes en potencia alrededor?

–No estaba pensando precisamente en eso.

Rebel se mordió el labio y miró por la ventanilla. Cuando se dio cuenta de que estaban cerca del chalet de Draco, se aclaró la garganta.

–Lo que has oído que le decía a mi padre era lo que pretendía contarte a ti. Es cierto que debí haberlo hecho cuando me preguntaste por la cicatriz, pero no soy perfecta, cometí un error.

Él exhaló.

–Arabella...

–No he terminado. Lo que hice en mi pasado no te da derecho a comportarte como un cretino. Cometí un terrible error con diecisiete años que me ha estado torturando desde entonces, pero ¿sabes qué? He aprendido a perdonarme, irónicamente, gracias a ti. No obstante, tú has decidido volver a castigarme. ¿Por qué? ¿No piensas que he sufrido suficiente?

–No. Has sufrido más que suficiente.

–Entonces, ¿por qué?

–Sabía que me estabas ocultando algo importante, pero no sabía que reaccionaría así al descubrirlo. Lo que te he dicho en esa habitación es inexcusable, pero lo cierto era que me había preparado para otra cosa...

—¿El qué?

—Pensaba que me ibas a dejar.

—¿Y te pusiste en modo cretino inmediatamente?

—He tenido demasiado tiempo para imaginarme lo peor.

—¿Y lo peor era que rompiese contigo?

Él se pasó una mano por el pelo.

—Estoy enamorado de ti, Arabella. Completamente enamorado. Las últimas semanas han sido un infierno porque quería decírtelo, pero sabía que tú me estabas ocultando algo. Algo que podía terminar con lo nuestro. Todo eso me ha llevado a reaccionar mal cuando he oído la verdad.

Rebel hizo un esfuerzo enorme para volver a hablar.

—Entonces... estás enamorado de mí.

—Completamente.

Ella sacudió la cabeza.

—No entiendo que hayas sido tan cruel conmigo. Y con respecto a mi padre... lo que hizo es imperdonable, pero va a intentar repararlo. Lo hizo porque me quiere y pienso que hay que darle una oportunidad.

Draco asintió.

—Pretendo dársela. Ya hemos llegado a un acuerdo para la devolución del dinero.

—¿Qué? ¿Cuándo?

—Volví a la sala VIP para pedirte perdón, pero ya te habías marchado. Él seguía allí, así que hablamos. Te vimos ganar juntos.

Ella se llevó una mano a la boca y Draco sonrió un instante, antes de ponerse serio otra vez.

—Dame a mí también una oportunidad, Arabella.

—¿De verdad me quieres?

Draco tomó su rostro con ambas manos.

–Mucho. Me has hecho sentirme vivo otra vez y quiero pasar contigo el resto de mi vida.

–Me parece bien.

–¿Es eso un sí?

–Tú estás enamorado de mí y yo estoy loca por ti. Te odio porque me has roto el corazón y me has hecho sentir triste el día que tenía que haber estado más feliz, pero te quiero por haber accedido a ser mío para el resto de nuestras vidas.

Draco cerró los ojos y apoyó la frente en la suya.

–*Thee mou*. Te quiero.

Cuando llegaron al chalet la llevó dentro y se besaron apasionadamente.

Rebel se olvidó por fin de todos sus miedos, lo abrazó por el cuello y le dijo:

–Yo también te quiero. Para toda la vida.

¡Nueve meses para reivindicar lo que era suyo!

Para Cassandra Rich trabajar de jardinera en la Toscana era la mejor manera de escapar de su pasado. Hasta que el dueño de la finca honró a la casa con su presencia y a Cassandra con su atención. Marco di Fivizzano no podía apartar la mirada de la deliciosa Cass. Y, cuando la invitó a ser su pareja en una gala benéfica, descubrió quién era aquella rubia ardiente, tanto durante la cena, como después en la cama.

Cass floreció entre los brazos de Marco y encontró en ellos la libertad que siempre había ansiado… hasta que descubrió que estaba embarazada y atada al multimillonario para siempre.

ATADA A ÉL
SUSAN STEPHENS

Acepte 2 de nuestras mejores novelas de amor GRATIS

¡Y reciba un regalo sorpresa!

Oferta especial de tiempo limitado

Rellene el cupón y envíelo a

Harlequin Reader Service®
3010 Walden Ave.
P.O. Box 1867
Buffalo, N.Y. 14240-1867

¡Sí! Por favor, envíenme 2 novelas de amor de Harlequin (1 Bianca® y 1 Deseo®) gratis, más el regalo sorpresa. Luego remítanme 4 novelas nuevas todos los meses, las cuales recibiré mucho antes de que aparezcan en librerías, y factúrenme al bajo precio de $3,24 cada una, más $0,25 por envío e impuesto de ventas, si corresponde*. Este es el precio total, y es un ahorro de casi el 20% sobre el precio de portada. !Una oferta excelente! Entiendo que el hecho de aceptar estos libros y el regalo no me obliga en forma alguna a la compra de libros adicionales. Y también que puedo devolver cualquier envío y cancelar en cualquier momento. Aún si decido no comprar ningún otro libro de Harlequin, los 2 libros gratis y el regalo sorpresa son míos para siempre.

416 LBN DU7N

Nombre y apellido	(Por favor, letra de molde)

Dirección	Apartamento No.

Ciudad	Estado	Zona postal

Esta oferta se limita a un pedido por hogar y no está disponible para los subscriptores actuales de Deseo® y Bianca®.
*Los términos y precios quedan sujetos a cambios sin aviso previo.
Impuestos de ventas aplican en N.Y.

SPN-03   ©2003 Harlequin Enterprises Limited

Una noche para amar
Sarah M. Anderson

Jenny Wawasuck sabía que el legendario motero Billy Bolton no era apropiado para una buena chica como ella. Sin embargo, cambió de parecer cuando vio el vínculo que Billy estaba forjando con su hijo adolescente.

Por si fuera poco, sus caricias le hacían arder la piel. De modo que decidió pujar por él en una subasta benéfica de solteros.

Billy tenía una noche para conquistar a la mujer que ansiaba. Pero, en un mundo lleno de chantajistas y cazafortunas, ¿tenían el millonario motero y la dulce madre soltera alguna oportunidad de estar juntos?

Sus besos le despertaban
un deseo largamente dormido

Su ardiente aventura tuvo consecuencias inesperadas...

Destiny Richards sabía que estaba jugando con fuego al aceptar el trabajo que le ofrecía el carismático jeque Al Asmari, pero le pareció una buena oportunidad para comenzar una vida nueva. ¡Hasta que la química que surgió entre ellos se hizo insoportable y Destiny acabó pasando una noche inimaginable con el jeque!

Cuando el poderoso Zafir sedujo a Destiny, no imaginó que ella se convertiría en su última amante… En menos de nueve meses, ¡Zafir tuvo que convencer a Destiny para llegar a un acuerdo más permanente!

LA ÚLTIMA AMANTE DEL JEQUE
RACHAEL THOMAS

LA ÚLTIMA AMANTE DEL JEQUE
RACHAEL THOMAS